Piscinas vacías

Laura Ferrero

Piscinas vacías

El papel utilizado para la impresión de este libro ha sido fabricado a partir de madera procedente de bosques y plantaciones gestionadas con los más altos estándares ambientales, garantizando una explotación de los recursos sostenible con el medio ambiente y beneficiosa para las personas. Por este motivo, Greenpeace acredita que este libro cumple los requisitos ambientales y sociales necesarios para ser considerado un libro «amigo de los bosques». El proyecto «Libros amigos de los bosques» promueve la conservación y el uso sostenible de los bosques, en especial de los Bosques Primarios, los últimos bosques vírgenes del planeta.

Papel certificado por el Forest Stewardship Council®

Primera edición: octubre de 2016

Printed in Spain – Impreso en España

ISBN: 978-84-204-2387-6
Depósito legal: B-17400-2016

Impreso en Unigraf, Móstoles (Madrid)

A L 2 3 8 7 6

Penguin
Random House
Grupo Editorial

Índice

Para mi madre, que me enseñó a escribir

Para David

Not morning yet.
I just want to talk to you.
Why does love happen?
So then I grew old and died and wrote this.
Be careful, it's worldsharp.

ANNE CARSON,
«Catullus: *Carmina*», *Men in the Off Hours*

(No llega la mañana. / Solo quiero hablar contigo. / ¿Por qué surge el amor? / Y entonces me hice viejo, vino la muerte y escribí esto. / Ten cuidado, es agudo como el mundo.)
Traducción de JORDI DOCE

Estaciones de tren

Recordé los problemas matemáticos
—si un tren parte de y mientras otro tren—
y temí no encontrar la solución;
¿en qué momento, cómo, dónde vamos
a cruzarnos? ¿Podré reconocerte
a 200 km/h?
¿Sabré dejarte atrás del mismo modo
que ahora creo saber cómo augurar
tu presencia y tu trueno,
tu golpe tras el vidrio?

Ben Clark, *Desde la isla sin trenes*

Leíste que los budistas tienen ochenta y nueve estados de conciencia y el dato te pareció absurdo, excesivo. Sin embargo, hace poco, ella sacó ese mismo tema mientras tomabais un café y añadió: «¿Sabías que solo tres de esos estados están relacionados con la desgracia y la tristeza?». Tú la observaste mover los labios y te escuchaste contestar, sorprendido: «¿Ah, sí? Qué interesante».

Pero no te interesaba. Seguía pareciéndote absurdo.

Aunque últimamente pasas la mayor parte de tu tiempo saltando de uno a otro de esos tres estados.

Piensas en todo esto mientras desayunas, esta vez solo, en el *office*. Recoges tu taza de café y te encierras en tu despacho.

Te han llamado varias veces. No soportas que te interrumpan. La directora de marketing ha entrado para hablarte de tonterías, para flirtear contigo, para contarte algo de una raqueta de pádel que se ha comprado. Le has sonreído. Sabes que le gustas y le sigues el juego. Siempre has sido así. «Y así me ha ido», sueles bromear.

Pero sabes que te ha ido bien.

Eres, como se suele decir, un tipo con suerte.

Creciste en una isla sin trenes, y ahora pasas mucho tiempo mirando a través de las ventanas de trenes que te conectan con otras ciudades, con otras vidas. Pero recuerdas que de pequeño te resultaban exóticos e incluso inexplicables, aquellos largos convoyes que avanzaban a gran velocidad. No los tuviste ni de juguete, y en algún momento llegaste a dudar si podrías reconocerlos. Los habías visto en películas, y soñabas con el ruido de trenes míticos que entraban en estaciones de ciudades de provincias. Tu tía quiso comprarte uno de juguete, pero lo rechazaste. Tú querías montarte en un tren, no necesitabas para nada una miniatura ridícula.

Vivías en una isla pequeña. Ella te dio forma a ti. Ahora, en cambio, vives en una gran ciudad. Tú le has dado forma a ella, y poco queda del mar que te vio nacer. Te pasas la vida en trenes. No te importa: te gusta estar en movimiento. Sueles mirar por la ventana y pensar en otra vida, en otro lugar. Te dices que es poético. Te gusta sentirte así. Llegar a ciudades que no son la tuya, quedarte en hoteles que no son tu casa. Habitaciones blancas y asépticas en las que desde hace un tiempo no duermes bien. Pero te gusta hacerlo desde la comodidad de tener una casa, un lugar. En el fondo, sabes que cuando levantas el teléfono siempre hay alguien al otro lado, alguien que te abraza cuando no puedes dormir. Los trenes te sirven para tomar aire. Para respirar.

Cuando la conociste, aún no sabías que no eras feliz. Muchas historias comienzan así. Te reprochas continuamente que todo esto lo empezaste tú. Mientras lo piensas, la pantalla de tu móvil se ilumina. Es tu hija mayor. Tiene doce años. A veces se te pasa por la cabeza que si te preguntaran quién es la mujer de tu vida responderías que es ella. Al menos, es la única por la que has sabido mantener el mismo amor desde el principio.

Te asalta continuamente la idea de que no has evitado nada de esto. Te gustaría arrepentirte pero tampoco lo haces.

No esperabas que todo esto te sucediera y ahora vives pendiente de un email, de un teléfono. Todo es tabú. Límites, cosas que no quieres decir. Miedos que vas alimentando solo.

Y, sin embargo, está ahí. Ella en tu vida, tú en la suya.

Cuando te cabreas lo quieres mandar todo a la mierda. Lo intentas. Algunos días no le contestas a un email y tratas de ser más seco. Ya estás mayor para tantas estupideces. Pero te has acostumbrado y la necesitas. Tienes cuarenta años y ella no ha cumplido aún treinta. No es una niña, de acuerdo. Tú tienes dos hijos y una mujer. Ella está a punto de casarse.

Llaman a la puerta de nuevo. Es tu secretaria, que te confirma la cena de hoy. Sonríes y das las gracias.

Estás cansado. Sin embargo, agradeces, otro día más, llegar tarde a casa y que nadie te pregunte qué está pasando.

Lleva el pelo largo. Demasiado largo, le dicen. Cree que necesita un cambio y que si se corta la melena se sentirá mejor: le irá bien prescindir de su pelo largo y bonito. Piensa en cortárselo como un chico.

Le quedan un par de horas libres antes de ir al aeropuerto y aprovecha para hacerlo.

La peluquera le pregunta si se lo quiere cortar mucho. Le recuerda, como todo el mundo, que tiene un pelo precioso.

Ella le responde que no sabe por dónde se lo quiere cortar. Luego añade que como un chico.

—Me caso en seis meses. ¿Me crecerá?

La peluquera sonríe y le da la enhorabuena.

De repente, al observar las tijeras reflejadas en el espejo en que se ve a sí misma, no tiene tan claro que quiera cortarse el pelo.

Observa también que tiene ojeras. Que está más cansada de lo que creía.

Le dejan unas revistas para que indique exactamente lo que quiere hacerse. Las hojea aunque, en realidad, no se fija en los peinados. Piensa en él. En llamarle para preguntarle si le gustan las chicas con el pelo corto.

No lo hace y le pide a la peluquera que le corte solo las puntas.

—Bueno, un poco más. Por debajo del hombro, un punto medio.

Ni largo ni corto: así es como se queda el pelo. Se dice que será lo mejor para la boda.

Más tarde, en un taxi que se dirige al aeropuerto de Milán, se le pasa por la cabeza que en su vida todo parece haberse estancado en un nimio y complaciente punto medio.

A última hora, cancelas la cena porque ella te llama desde un aeropuerto. Desde otro país.

Te dice que volverá por la noche y quieres verla. Lo demás, por hoy, te da igual.

Hablas con ella mientras das vueltas por los pasillos de un supermercado con tu hijo pequeño de la mano.

En el súper hay demasiada gente y te agobias.

Tu hijo llora porque no le has querido comprar esas galletas con las que regalan pegatinas fosforescentes.

—Ya tienes muchas. Todo no puede ser.

Se lo dices a él, pero también te lo repites a ti mismo. Todo no puede ser.

Piensas, de repente, que ya hace muchos meses de esto.

Te la encontraste después de un tiempo en una fiesta. Hasta ahí, nada especial. Casi todas las historias empiezan de la misma manera. Os reísteis mucho. Ella había estado una temporada fuera, en París, y acababa de volver. Un día te escribió un email desde allí; te hizo ilusión. Entonces tú solo pensabas que era una chica guapa. Un poco creída incluso;

una de esas chicas que lo habían tenido todo en la vida y que sonreía dando por hecho que serías otro tonto que se enamoraría de ella.

Querías que ella se fijara en ti.

Así que un día, después de aquella fiesta, la invitaste a comer. Para proponerle un proyecto editorial. Leíste cosas para impresionarla, incluso te aprendiste un par de citas en francés. Suponías el tipo de tíos que le podían gustar. Y, sin embargo, cuando os sentasteis el uno frente al otro en aquel japonés que estaba tan de moda, ya no te acordabas de nada de lo que habías pensado.

Durante la comida no hubo citas en francés.

Ella no comió. Tú tampoco.

Más tarde, te preguntaron por «la autora» y solo supiste decir que te había gustado hablar con ella. Luego, al darte cuenta de que te habías dejado la tarjeta de crédito en el restaurante, aquello ya no te gustó.

Mucho más tarde, ese mismo día, en la cama te preguntaste qué había sucedido, y no pudiste dormir. Empezó el insomnio.

Al principio echaste mano de justificaciones. Justificarte siempre te había salvado la vida. Solo había sido un año malo. Tu cuñado se había muerto en un accidente de coche. Tu madre empezaba a estar mayor. Tu mujer se había quedado sin trabajo. Cuidabas de todos y, al final del día, salías a correr y pensabas en los que se habían ido. Estaban contigo, te sentías menos solo. En casa todo seguía bien, como siempre. Una relación bonita, cordial, con la mujer que llevaba tantos años ahí. Aunque a veces te ahogabas.

Un día fuiste a correr y pensaste en ella. Desde entonces no has dejado de hacerlo. De repente, todas las canciones que escuchas cuando corres te hacen pensar en ella y, en ocasiones, te asalta una duda: ¿te enamoraste de ella porque necesitabas que alguien te recordara lo mejor de ti?

Vuelve de Milán en un avión lleno. Ha salido con retraso y se ha pasado horas deambulando por el *duty free,* sin comprar nada, con la mirada perdida entre cremas antiedad y perfumes caros. Solo quiere llegar a casa.

Antes de entrar en el avión ha hablado con él. Sí, estaba cansada. Pero sí, quería verle.

Cierra los ojos mientras el avión despega y se eleva, lentamente, hacia un cielo helado. Un cielo de invierno.

Junto a ella, en el asiento del pasillo, se ha sentado un hombre guapo. Es francés. Al otro lado, viajan dos niñas y su mujer.

Piensa entonces en los hijos de él, a los que ha visto en fotos. Son guapos. Piensa también en su mujer, a la que no ha visto en fotos. A la que seguramente tampoco querría ver. Ni en fotos.

«Te recogeré a las nueve. Tengo ganas de verte.»

El hombre de al lado dibuja en un cuaderno. Su hija pequeña le pide que le dibuje el fondo del mar. Él se esfuerza: corales, peces, un pulpo de largos tentáculos.

—Pero, papá, ¡falta un tiburón! ¡Yo quiero un tiburón!

Y él lo intenta otra vez y dibuja un tiburón con una aleta deforme y una mandíbula exorbitante.

Las niñas ríen.

La mujer también. De repente la miran a ella como si formara parte de aquella familia.

—¿Tienes hijos?

—No. No tengo.

Fuera, a través de la ventana del avión, no se ve nada. Solo oscuridad.

Allí estás. Has aparcado el coche en una estrecha calle del centro. Escuchas cómo la lluvia golpea las ventanas del vehículo. La esperas desde hace unos minutos. Te viene a la cabeza de nuevo el asunto de los budistas y la conciencia. Mientras estás ahí, atento por si aparece, has salido de tus tres estados habituales. Sonríes. No sabes cuántos estados budistas ocupa la alegría, la felicidad. Lo que sabes es que en tu vida ella empieza a abarcarlos todos.

Está lloviendo mucho. Piensas en tu isla, que estos últimos tiempos está extrañamente presente en tu vida. Recuerdas cosas de tu infancia y no sabes por qué, pero sientes el deseo de contarle esas cosas a ella. Como si fuera un recipiente. Como si pudiera saber algo de esos trenes con los que soñabas de pequeño.

Te gusta ver cómo los trenes abandonan raudos las estaciones. Eres un buen espectador.

Lo sabes. Como sabes que ella también lo sabe.

De repente la ves. Está ahí, sonriéndote frente a una tienda de telefonía móvil.

Lo que más te gusta de ella no es que sea guapa. Hay muchas chicas que lo son. Te gusta cómo te mira, cómo se ríe de ti, cómo tú se lo permites.

Os decís hola y la abrazas. Te gusta tenerla así, tan cerca.

Te gustaría besarla, pero nunca lo has hecho y crees que probablemente nunca lo harás.

Tienes miedo de que te rechace.

Empezáis a andar mientras te explica sus peripecias de estos días. La escuchas atento, y te cuenta, al final de su relato, que ha visto a un hombre en el avión que le recordaba a ti.

Le dices que esperas que fuera guapo y ella se ríe.

Vais bajando por la calle y te lleva a una tienda de decoración que aún está abierta. Te pide que entres con ella y la ayudes a escoger una taza de desayuno para una amiga.

—A ti no te puedo regalar tazas para desayunar. No sabrías dónde ponerlas, ¿verdad? ¿Qué le contarías a tu mujer?

La observas hablar con la dependienta, y te suena el teléfono. Es tu hija.

Sales de la tienda, pero sigues observándola a través del cristal. Te ves a ti mismo hablando con tu otra vida, con esa vida a la que ella no pertenece.

Tu hija te pregunta si el viernes puede ir al cine con unas amigas. Le dices que sí. Quiere saber si podrías ir a recogerla a las nueve y media, y vuelves a asentir porque no quieres alargarte. Cuelgas cuando ella sale de la tienda.

—Era mi hija —le dices.

Entonces ella te da la taza que ha comprado.

—Ponla donde quieras. Es una tontería, pero me gustaría que la tuvieras. Feliz Navidad.

Esas dos palabras te acompañan mientras desenvuelves la taza amarilla, y cuando la tienes en tus manos solo consigues decirle «Feliz Navidad». Como si fueran las dos únicas palabras que quedaran en el mundo.

No añades nada más.

Y andáis, ahora en silencio, hacia un restaurante que sabes que le gustará.

Estás haciendo las cosas lo mejor que puedes.

Has elegido actuar. Le has confesado a tu mujer que tienes una crisis. Todo te resulta muy difícil.

—Me parece todo una mierda —dice ella de repente.

Le dices que a ti también y se hace un silencio incómodo. Continúas diciéndole que te gustaría intentarlo. Intentar algo. ¿Intentar el qué? Te oyes decir que la quieres. Tú, que no sabes decir muchas cosas. Y ella te mira y sabes que no te cree.

Te vienen a la cabeza escenas de películas que aborreces. Escenas que no creías que pudieran existir fuera de la pantalla, y sientes que estás atrapado en una de esas conversaciones absurdas.

No sabes por dónde empezar. Las culpas, la responsabilidad. Oyes la voz de tu padre: «Culpas ninguna; responsabilidad, toda». Ya no sabes frente a qué eres responsable ni qué es lo que te hace sentir culpable. Tu mujer, tus hijos. O tú mismo.

Cediste en demasiadas cosas y ahora desconoces lo qué te falta o qué era lo que buscabas en tu isla sin trenes. Te jactas de haber sabido elegir las renuncias adecuadas, pero recuerdas que la vida estaba para llenarla. Y lo hiciste. Después, en algún punto y aún no sabes por qué, empezaste a ceder.

Ya no estás seguro de cómo continuar; la miras con insistencia. Piensas en besarla, en sentir sus labios en los tuyos, y te dices que eso sería cometer una torpeza. Ni siquiera sabes si podrías hacerlo. La deseas y no quieres reconocerlo. Llevas tiempo obviando todo eso. El deseo: las ganas que tienes de hacer el amor con ella.

Tienes miedo de hablarle de la realidad, de lo que en ese momento te está pasando por la cabeza.

Ella te dice que no quiere ir a cenar. Ya no quiere ir a ninguna parte.

Estás sorprendido: no sabes bien qué está ocurriendo. Quizás no quieres.

Ella te da dos besos y se marcha en dirección opuesta.

Cuando das media vuelta, ella ha doblado ya la esquina. Sientes una opresión en el pecho y quieres llamarla, la voz te falla.

Todo te falla últimamente.

Al final, echas a andar detrás de ella, casi corriendo, y la alcanzas. La coges del brazo y ella, asustada, se vuelve.

Y te sientes paralizado pero la besas. Y cierras los ojos y la estrechas contra tu cuerpo. No te importa estar al lado del restaurante donde sueles ir a desayunar. No te importa que tu hija te esté llamando de nuevo.

Tal vez sería mejor que te fueras, pero te quedas en silencio. Hace tiempo que sientes que las palabras no dicen demasiado.

Os separáis y notas que ella tampoco sabe cómo comportarse.

Te mira y te dice que quizás tengas que irte. Tú quieres decirle que no, que te vas a quedar con ella. Pero eres consciente de que en dos horas estarás de nuevo en casa y que mañana te levantarás para ir con tu mujer a la fiesta del colegio de tus hijos. *Vámonos a París. Si pudiéramos. Si tú, si yo, si nosotros. Solo eso.*

Entonces le dices:

—Si al menos todo esto...

Pero no continúas porque ella te mira y sientes que hay tristeza en sus ojos.

Y te dices que eres imbécil.

La miras. Es entonces cuando ella se aparta ligeramente y te dice:

—Bueno, no sé. Hay tiempo. Estaremos en contacto, ¿no?

Sabes que es una manera de hablar.

Esta vez, cuando se da la vuelta y empieza a andar, saca el teléfono del bolsillo de su abrigo. De repente, se para en seco, se gira y dirige su mirada hacia ti. Tienes los brazos cruzados y aprietas fuerte contra el pecho la bolsa de cartón donde está tu taza. Estás agarrado a ella como si fuera un salvavidas, como si pudiera mantenerte a flote. Sabes, sin embargo, que solo es una taza.

Sofía

I will not wait to love as best as I can.
We thought we were young and that there
would be time to love well sometime in the
future. This is a terrible way to think. It is no
way to live, to wait to love.

Dave Eggers, *What is the What*

Quiero contarte una historia de amor, la tuya. Aunque sabrás, supongo, que no todas las historias de amor acaban bien. Esas cosas pasan, Sofía. Pero, claro, qué te voy a decir a ti, que ya lo sabes todo.

Llevo tiempo pensando en cómo contarte esto. Por dónde empezar. Los comienzos son importantes: condicionan el resto de la historia. Conocí a tu padre en la universidad. En esa época éramos solo dos chicos amables y guapos. Inocentes. Ahora los dos tenemos algunas arrugas más en la frente, en la comisura de los labios. Arrugas también, si me permites la cursilada, en el corazón. Pero entonces no. Éramos dos buenos chicos con la vida por delante. Teníamos muchos sueños, ambiciones. Por aquel entonces, cada uno tenía una pareja, pero ya sabes lo que ocurre cuando tienes dieciocho años: las cosas vienen y van. No es como ahora, que todo pesa y amarra. Ahora hay hijos e hipotecas, trabajos indefinidos. Las decisiones antes eran ligeras. Un día podías hacer una cosa, el otro, otra. Todo tenía un peso relativo. Si no salía bien, había una vida entera para cambiarlo.

Nos pasamos los años de la carrera viéndonos, observándonos. En los pasillos de la universidad, en alguna fiesta, en clase. Nos mirábamos. A veces incluso hablábamos, pero después cada uno volvía a su vida. Tu padre siempre fue un chico serio. A mí me gustaba imaginar que un día, después de muchos años, me lo encontraría y ya seríamos mayores. En aquel tiempo, ser mayor significaba tener veinticinco años y un piso. Decorar una casa, tener un trabajo lleno de reuniones. Tomarse un *gin-tonic* al atardecer.

Le perdí de vista un tiempo. Acabé mis carreras, empecé la tesis, viajé. Vi lo peor y lo mejor. Acumulé experiencias, porque de niña me enseñaron que en la vida hay que hacer de todo. Me convertí en muchas personas distintas y viví en puntos opuestos del mundo. Tomé buenas decisiones, muy malas también. Incluso hay algunas que aún no he tomado. Entendí que la mayoría de nosotros acabaríamos convirtiéndonos en equilibristas que habitan las lindes de lo escarpado. El abismo estaba siempre ahí. No me malentiendas, no es una metáfora. Los años te hacen entender que hace falta muy poco para echarlo todo a perder.

Durante ese tiempo leí mucho. Comprendí algunas de las cosas de las que hablaban los libros. Las otras las busqué en personas que, a menudo, fueron las equivocadas. No te creas, Sofía, que esto de acertar en la vida es fácil. Pero sobre todo me quedé con una cosa: cada vez hay más piedras en esa mochila que todos llevamos. Peso: esa es la palabra.

El primer libro que leí siendo adolescente fue *Carta a un niño que nunca nació,* de Oriana Fallaci. Me pareció denso. Pensé que la autora era tonta por tener esas dudas. Debería haber decidido traer al mundo a aquel niño desde el principio. Fíjate. Tenía trece años y creía que en la vida uno toma decisiones por adelantado, antes de que se lleguen a materializar. Como quien se pide una pizza por teléfono. Yo me pedí muchas cosas. Haré esto, haré aquello. Me las prohibí: no haría nunca eso, tampoco aquello. Dije exactamente lo que quería en la vida y definí en lo que me convertiría. Mi madre me lo advirtió: no todo es tan simple como parece.

Cuando cumplí los veinticuatro escribí en mi diario una sola frase: no me quiero morir. Estaba en Perú. Había comprendido que el hecho de acumular experiencias actuaba como resorte contra la muerte, pero que al final nos moríamos igual. Hacer, hacer, hacer. Trenes, aviones, viajes, maletas. Pero yo no me quería morir. Sentía que la vida era como una anguila que siempre se nos escurría.

Un día tuve veinticinco años y me encontré con tu padre en la vieja puerta de la universidad. *Hola, qué tal estás.* Llevaba traje y le hacían daño los zapatos. Yo tenía el pelo muy largo y seguía mordiéndome las uñas. A partir de entonces nos vimos. Hablamos. Nos divertimos. Teníamos ilusión, al menos por nosotros. Porque éramos los mismos: había pasado tiempo pero nos quedaba toda la vida por delante y la sensación de que ahora podíamos compartirla. Era una especie de segunda oportunidad.

Fíjate que siempre pensé que vendrías, Sofía. Desde mucho antes de que llegaras, hablábamos de ese sueño de tenerte, aunque tu padre nunca estuvo de acuerdo en que te llamáramos así y se reía de mí diciéndome que el tuyo era un nombre demasiado monárquico. Sofía quiere decir sabiduría. Por eso quise llamarte así. Para que nacieras siendo sabia. Al menos un poco más que yo.

La primera vez que te vimos solo eras un granito de arena en una ecografía. Esa eras tú.

Pero déjame que te siga contando. Tu padre y yo nos quisimos desde el principio. No nos quisimos bien, pero lo intentamos. Teníamos miedo de que la juventud se nos escapara y lo hicimos mal. Sí: los comienzos determinan las historias. Sin embargo, teníamos aquel sueño en la cabeza, aquella promesa de querernos. ¿Sabes a lo que me refiero? A la fotografía mental del amor. Pero lo cierto es que cada vez crecía más miedo entre los dos, no queríamos saber. Entre las parejas ocurre: se crean abismos. Nombres y palabras que no pueden pronunciarse. Formábamos parte de un cuadro incompleto y no sabíamos ni queríamos preguntarnos si aquello que estábamos viviendo era lo que nos habíamos prometido a nosotros mismos siendo adolescentes. Uno crece con unos ideales en la cabeza. Yo quería a un padre que quisiera mucho a mi hijo. Él, una familia que no estuviera llena de silencios, de distancia.

Es cierto, todos buscamos lo que no pudimos tener.

Al final, cuando tú llegaste, habían pasado diez años desde que nos conocimos. Teníamos veintiocho, y una semana atrás él me había regalado un vestido bonito después de soplar las velas juntos.

Le quise mucho. Como creo que se quiere al padre de tu hijo. Pero nos perdimos en algún punto. Se nos atascaron los días. Vivíamos en una misma casa pero ya no éramos capaces de encontrarnos.

Eso ocurre: la cercanía no tiene que ver con el espacio. Eso es algo que te cuentan de niña.

A veces, con tu padre me pasa lo mismo que contigo. Que no sé adónde se ha ido. Ni dónde está.

Solo sé que un mes después de mis veintiocho, tu padre me acompañó a una clínica que tenía las paredes muy blancas. Me desnudé y me pusieron una de esas batas de papel. Yo cerré los ojos. *Piensa en algo bonito,* me dijeron. Pero no podía pensar en nada bonito. Unas horas después me desmayé en una cafetería a la que había entrado para tomarme un zumo de naranja. Tenía el estómago vacío y estaba aún bajo los efectos de la anestesia. Me levanté tambaleándome y conseguí llegar hasta el baño. Me caí. Tu padre me cogió y nos quedamos los dos en el baño, abrazados en el suelo. Él me sujetaba pero tú ya no estabas ahí.

No sé si la juventud se pierde en un día. Yo sé que la perdí entonces, en el suelo de ese baño.

A veces, te sorprenderá, te busco entre los niños de los parques. Te comparo con los hijos de mis amigos e incluso me digo que serías más lista y más bonita. Tendrías casi tres años. Eras tú, Sofía. Yo ya lo sabía. Y no supe esperarte. Porque tu padre y yo seguíamos siendo dos jóvenes que no podían sostener a nadie más que a ellos mismos.

¿Sabes?, los hijos que no nacen también cuentan. Los padres que nunca llegan a serlo, lo son para siempre. De alguna manera extraña. De esas maneras que nunca salen en el diccionario.

A menudo tengo la sensación de que en la vida nos vamos quedando con carcasas. Con cosas que tienen una forma reconocible pero que están vacías. Desde que te fuiste tomé una costumbre extraña: no podía dormirme sin antes agarrarme del brazo de tu padre. Lo agarraba con todo mi cuerpo, como si su brazo fuera a salvarme de algo. Como si fuera una rama. Entonces pensaba en ti: en el lugar que damos a los hijos que no nacen. Durante muchos meses, me dediqué a llorar sola en el sofá por las tardes y a ver cómo la lluvia y la nieve caían fuera. Luego, me metía en la cama y me agarraba a un brazo. Me decía que eso no era ninguna vida para una chica joven. Pero, dime, ¿sabes tú acaso qué es una vida? ¿Lo sé yo?

A veces las historias de amor acaban así. En el suelo del baño de una cafetería.

Ahora tenemos más de treinta ya. Tu padre no está, y tú tampoco. Qué poco queda de los hijos que no nacen. Menos incluso que de las parejas que dejan de serlo. Ni siquiera fotos. Tiré la ecografía, la única constancia que tenía de que estuviste aquí dentro. La rompí y no la quise ver más. La vida es así, Sofía. Miras atrás y tardas tiempo en entender el dolor. Porque el dolor cambia pero no desaparece. Adquiere nuevas formas, ocupa distintos lugares.

Y te digo lo que suele decirse: no sé qué nos pasó. Pero te veo. Te imagino caminando. Dando esos pasos torpes que ya solo podrás dar en mi imaginación.

Hace poco me dijeron que cuando pensara en ti encendiera una vela. Pero no lo he hecho. Por eso te enciendo un relato. Para ti, Sofía, porque comprendí las cosas cuando ya era demasiado tarde. Y también para tu padre. Este es un relato para los dos.

Pero perdona, porque estas cosas ya las sabrás. En realidad, Sofía, yo solo quería contarte una historia de amor.

Pan de molde

Últimamente, en las raras ocasiones en que hacen el amor, ella piensa en el supermercado, en las largas hileras de estanterías que recorre empujando un carrito. Anota mentalmente: tomate frito, mortadela con aceitunas, recambios para el ambientador del coche. Antes fingía. Ahora solo se pregunta si quedará pan de molde para los bocadillos de mañana de las niñas.

—Buenas noches —dice él.

Ella se hace la dormida. Entran resquicios de luz a través de la persiana. Él siempre se olvida de bajarla del todo. No recuerda que a ella le molesta la luz. Se fija en el reloj digital: marca las 00.35.

2 de abril. Ha comenzado la primavera. Para ella empiezan los días de sol. Él, sin embargo, solo siente que todavía es invierno.

Se remueve entre las sábanas blancas e impolutas y, a su lado, ella finge dormir.

El mes de abril no es un buen mes para ellos.

Ella sabe lo que sucederá a continuación. Él se dará la vuelta hacia la pared y su respiración se irá haciendo cada vez más acompasada, más profunda, y, en cuestión de minutos, empezará a roncar. Ella se irá entonces al sofá.

—¿Estás bien? —le pregunta él.

Ella, extrañada, casi molesta por esa pregunta que no está en el guion, le contesta que claro que está bien, que por qué no iba a estarlo.

Y él vuelve a darle las buenas noches.

—Que descanses —dice ella.

Hoy hace quince años que nació su primera hija, Marta. Cuando se lo cuenta a las niñas, siempre dice que era tan menuda como aquel conejito que vieron una vez en la finca del abuelo. «¿Tan pequeña?», le preguntan sus hijas. «Sí, tan pequeña», dice ella. Marta nació por cesárea y pasó un mes en la incubadora. Qué pequeña era aquel 2 de abril. Cuántos días pasó ella mirándola y dándole ánimos desde fuera de aquel habitáculo en el que su hija, durante cuatro semanas, ganó peso hasta que se convirtió en ese minúsculo bebé al que se llevaron a casa entre celebraciones, lloros de alegría y una marabunta de amigos que vino a conocerlo. La pequeña de la casa, la reina de la casa. Marta.

Cuando él empieza a roncar, ella se levanta y se va al salón. Se sienta en el sofá y enciende la televisión a un volumen tan bajo que no acierta a escuchar nada de lo que dice la presentadora del *reality* francés. Pero no le importa. Tampoco quiere que le cuenten nada, y mucho menos entenderlo.

En la foto que tienen en la mesita del salón, Marta se parece a él. Juraría que esa sonrisa desdentada es la misma que la de él, hace ya más de veinte años, en esa vieja imagen del servicio militar que cuelga de la pared del estudio. A ella le gusta comparar ambas fotografías. Cuando lo hace, recuerda por qué se enamoró del que ahora es el padre de sus hijas. Él, con su sonrisa de chico guapo y bueno, está al lado de cuatro amigos, todos vestidos con sus ridículos uniformes, como si más que en la mili estuvieran en un carnaval. Como si la vida fuera a ser siempre eso: un día soleado. Como si aquella sonrisa fuera a resguardarlos de la lluvia y de la tristeza.

Ha escuchado sus historias de la mili cientos de veces, y siempre la hacen reír. Se pasó un año en Jerez de la Frontera como quien se marcha de vacaciones con un grupo de amigos. «Me libré de todos los marrones», solía decir él entre risas. Durante esos meses, siempre que las cosas se ponían feas, simulaba ser el portador de un mensaje de gran importancia e iba de despacho en despacho de sus superiores. Después fingía haberse equivocado de dirección y se encaminaba hacia cualquier otra parte. Se pasó ese tiempo haciendo malabarismos. Desapareciendo, como en un truco de magia. Sí, tenía mucha gracia contando esa historia. Decía que no era más que una gamberrada.

Antes de casarse, su madre se lo dijo:

—¿No crees que será siempre igual?

—Mamá, eso son tonterías de chicos jóvenes —respondió ella.

Enseguida llegó Marta, la niña de sus ojos. Porque también tenía los ojos verdes de él.

Cuando a la niña le diagnosticaron aquella extraña enfermedad, fue como si volvieran a reclamarle sus superiores de la mili. Durante largos meses tuvo que llevar muchos mensajes urgentes, saltar de despacho en despacho, abrirse paso a través de imaginarias misiones imposibles que lo mantuvieron alejado de una casa que olía a desinfectante y en la que se instalaron, aunque fuera verano, los fríos de un invierno que tardaría en marcharse.

Ha logrado entender que el zumbido de la mujer francesa de la televisión versa ahora sobre un nuevo tratamiento que acaba con la eyaculación precoz. Apaga el aparato. Cierra los ojos y se cubre con una manta. Se palpa, como en un reconocimiento médico, la piel aún tersa del abdomen. Tiene tres cicatrices, las de sus tres chicas. Las tuvo a todas por cesárea y ahora la que menos se nota es la que tiene más arriba, la primera. Ha perdido su correlato con el mundo y tal vez por eso se ha ido desdibujando, confundiéndose con su piel morena. Deja la mano ahí, apoyada, acunando esas tres cicatrices.

Él tuvo un lío hace poco pero nunca se lo dijo. Ella leyó un mensaje en su teléfono. La pantalla se iluminó y un *«I miss you»* con corazoncito incluido la inundó durante unos segundos. Ella no le preguntó nada y dejó que él dijera, que él hiciera. Pero no hizo, no dijo. Simplemente dejó que las cosas pasaran. En silencio, viendo lentamente cómo se precipitaban los días en un saco roto. Esperó a que ella hablara, a que ella dijera. Siempre fue constante en todo, incluso en la torpeza.

Ella cree que ya no están juntos. Ahora, él se ha comprado una bicicleta de montaña y aprovecha los fines de semana para llevarse a las niñas al monte. A menudo comenta que tiene que ponerse en forma, que ya tiene una edad. Las niñas se ríen y lo llaman gordito. Ella calla con una mezcla de tristeza y resignación. Se dice que la cobardía también es una constancia, como la necesidad de no ver esta cortina de lluvia que los aísla, al uno del otro, en esta casa tan pequeña.

Piensa de nuevo en el asunto del pan de molde. No sabe si mañana tendrá suficiente para hacerles los bocadillos a las niñas, pero no quiere levantarse para mirarlo. Es tarde. Está cansada.

La casa más vacía del mundo

Abrió el armario y empezó a vaciar una parte. Ella se había quedado con la más grande porque tenía más ropa. Qué haría él con tanto espacio, se preguntaba.

En los estantes de arriba estaban los jerséis de lana. Más abajo, las camisetas de algodón, incluso aquella que tenían igual, que decía en letras grandes *I love NY,* la que ella siempre se ponía para trabajar en casa. Luego sacó las chaquetas. Las camisas. Una de ellas tenía restos de maquillaje en el cuello: la echaría a lavar.

Para qué. No se la pondrá más.

Así que la incluyó en la caja de cartón donde iba amontonando todas sus cosas.

Cerró la primera y escribió en una etiqueta lo que había guardado. Era muy metódico. Todo perfectamente indicado. La ropa doblada, como si no pudiera arrugarse.

Montó otra caja.

Pantalones. Faldas.

Pero no. No podía hacerlo. Se quedó mirando la segunda caja a medio llenar y empezó a vaciarla para colocarlo todo en su sitio otra vez.

No podía.

Oía el murmullo de la televisión. Su hijo cambiaba velozmente de canal.

—Papá, no hay dibujos.

—Es tarde, solo hay películas de mayores. Tienes que irte a dormir.

—No.

Su hijo empezó a hacer ese ruido que él detestaba. Imitaba el sonido de las ambulancias. Lo hacía tan bien, había adquirido tanta práctica aquel último año, que lo reproducía a la perfección.

El tono oscilaba. Empezaba haciéndolo en voz baja y la intensidad iba subiendo hasta que acababa casi gritando.

Sintió un escalofrío. La ambulancia seguía, tenía que aguantar ese maldito ruido en su propia casa.

De repente el niño se calló y se puso a tararear un villancico. Estaban en agosto y en la calle, a pesar de ser medianoche, hacía un calor insoportable.

Dejó la ropa de nuevo en el armario y se fue al baño. Colonias, maquillaje. Qué hacer con todo eso. Su estuche de pinturas aún estaba abierto. En la repisa, su iluminador facial, el lápiz de ojos que ella siempre llevaba encima, aunque ese día se lo había dejado en casa. Le había sacado punta y los restos estaban ahí, en la papelera. Parecían saludar al hombre que estaba de pie observando el baño como si nunca hubiera estado ahí, como si algo hubiera cambiado todo lo que antes había sido conocido y lo hubiera vuelto distinto. Lúgubre.

Olió su perfume y cerró los ojos. Se le hizo un nudo en la garganta.

Lo perseguía una imagen: la de ella metida en esa caja absurda, maquillada como si se fuera de copas, con los labios rojos. El pelo liso peinado con la raya en el lado incorrecto.

—Cámbiesela, haga el favor. Ella nunca se peinaría así.

Ese maldito forro de satén.

No lograba recordarla de otra manera. Quería verla como había sido, con esos ojos de color miel que su hijo había heredado. Con sus pecas en la nariz. Su voz. Su manera de preparar café por las mañanas, medio dormida, siempre dudando si había puesto agua o no en la cafetera.

Pero no podía.

Intentó recordarla en el día que nació el niño, ella ya enferma pero feliz porque al fin tenían algo que era de los dos, algo que nunca podría dividirse, como las casas o las pertenencias. Eso sí era un pacto, dijo.

Y para siempre. Ya verás qué chico más guapo será, como su padre.

—Heredará tus pecas —repuso él.

Pero no lo vería crecer.

Salió del baño y fue a la cocina. No recordaba cuándo había comido por última vez. No tenía hambre.

Las sartenes se apilaban en el fregadero. Cómo podían estar ahí y que ella se hubiera ido. Había preparado una tortilla de queso para el niño, y cuando terminó de darle la cena se había empezado a sentir mal. Luego había venido la ambulancia. El niño había empezado a imitar el ruido.

—Mira, mami, lo hago como si fuera de verdad.

Ella había hecho un esfuerzo por sonreír.

—Cariño, me voy, me tienen que curar. Mañana volveré.

El niño se había quedado con la vecina que se ocupaba de él cuando ocurrían esas cosas. Tranquilo, porque estaba acostumbrado a las ambulancias que de repente llegaban por la noche.

—¿Puedo ir yo también a dormir al hospital?

Ella ya no le contestó, los dolores no la dejaban hablar. Él le revolvió el pelo al niño.

—Campeón, pórtate bien.

Allí estaban las sartenes. Los vasos de agua. Los tirabuzones de pasta que ella había intentado tomar adheridos en el plato desde hacía más de tres días. No sabía qué hacer con tantas cosas.

De hecho, esa mañana, antes del entierro, se había sentado a desayunar como si fuera un día normal, pero no había podido hacerlo. Hacía mucho sol, era un día de verano. Los vecinos del piso de arriba se iban de vacaciones a la Costa Brava, como todos los años. Por la ventana veía coches y más coches. Padres que se marchaban con sus hijos a la playa.

La vida continuaba.

Los relojes, que él supiera, no se habían detenido.

El tiempo seguía avanzando. Tic, tac. Había que dormir, comer y volver a empezar los días, los años.

Ni un minuto de silencio.

La vida no rendía tributos a la muerte. Las cosas continuaban existiendo, indiferentes y encantadoras en su eterno mutismo.

Esa mañana, él, en su cocina, con restos de la vida que se iba y que había que tirar a la basura, se preguntaba qué era lo que moría en el mundo cuando alguien moría.

Había preparado café y se había sentado en la silla en la que todos los días se sentaba. Pero no había sabido cómo empezar el día.

Era medianoche y no sabía cómo terminarlo.

Se puso a fregar las sartenes y desincrustó los cereales de la taza. Se quedaron en el sumidero, pero con el agua caliente se deshicieron y desaparecieron por el desagüe.

Cogió de la mesa la novela que ella estaba leyendo. No sabía si quitar el marcapáginas o dejarlo allí. Lo dejó.

Su teléfono móvil seguía vibrando, pero él no quería más pésames. Ni más «para lo que necesites estamos aquí». Solo quería acostarse y levantarse de nuevo para que todo aquello no hubiera ocurrido. Como cuando de niño soñaba que se caía por un barranco y se despertaba justo antes de llegar al suelo.

Revisó las últimas llamadas perdidas del teléfono hasta que llegó a las de ella. La última vez que le llamó. Luego vio los mensajes.

¿Has comprado el pan? No me encuentro muy bien. Te espero arriba. Mensajes antiguos. No sabía qué hacer con el teléfono de ella, lo había apagado y lo tenía en una bolsa que se había llevado del hospital. Llamaría para dar de baja el número.

¿Qué se suponía que tenía que hacer? ¿Le darían el número a otra persona?

Su hijo insistía con el ruido de la ambulancia.

Lo hacía cada vez más fuerte.

—¡Cállate! —le gritó—. ¡Cállate, joder!

Y entonces se hizo el silencio.

Estaba rodeado de objetos. Muebles, platos, imanes de nevera. Ceniceros, libros de cocina fácil, mecheros sin gas y un delantal sucio. Pero tuvo una sensación extraña, como si, en realidad, aquella cocina, aquella casa, estuviera completamente vacía.

Lo que brilla

Cuando conocí a mi mujer acababa de volver de Londres. Me fui a aprender inglés, pero acabé juntándome con unos argentinos y trabajando en un bar de tapas español cerca de Notting Hill donde —según dicen— se sirven las mejores bravas de todo Londres. Con eso quiero decir que el inglés que aprendí en un año lo podía haber aprendido con esos fascículos que vendían antes en los quioscos.

Volví a Madrid y empecé a trabajar en el negocio de mi padre. Fue en esa época, en ese abril soleado del 84, cuando conocí a la que sería mi mujer, la madre de mis cinco hijos, la persona junto a la que me he despertado desde que nos casamos.

La vi en una floristería de la calle Alcalá que creo que hoy es una tienda de lencería. Ella estaba ahí, preguntándole algo a un señor mayor que la atendía detrás del mostrador. Yo estaba fuera, observándolo todo. No es que me suela detener en los escaparates a observar a las mujeres guapas, creo que solo lo he hecho esa vez. Pero la ocasión lo merecía.

Era la mujer más hermosa que había visto hasta entonces, o por lo menos eso me pareció. Alta, morena, con un traje azul marino muy elegante y con ademanes de niña de colegio de pago, como decía siempre mi padre. Y ese pelo castaño oscuro que le caía serpenteante por los hombros. No podía dejar de mirarla y, cuando salió de la tienda, yo seguía ahí plantado, pensando qué hacer o qué decirle. Pero no hice nada, me quedé quieto y ella pasó por mi lado sin ni siquiera mirarme.

No la volví a ver hasta unos meses más tarde. Coincidencias de la vida, supongo. O del destino, si nos ponemos metafísicos. Fue en la boda de un amigo de la facultad. De repente, después de tomarme unas cuantas copas de vino en el aperitivo, me di cuenta de que Dios se había acordado por fin de mí.

No voy a dar detalles de lo que sigue, pero acabé consiguiendo una cita, luego otra y otra, y un día le di un beso. Y luego otro y otro, hasta que nos casamos.

Ninguno de mis amigos se lo creía. «Chaval, no sé cómo te lo has montado.» Y me miraban con admiración, porque ella era la mujer con la que cualquiera hubiera soñado. Divertida, ocurrente, con una risa contagiosa y franca. Inteligente y elegante. Con los años me encontré a mí mismo diciendo que en lo último en que te fijabas era en lo guapa que era. Pero estaba claro que lo hacía en el sentido de que era mucho más que eso. Una mujer de buena pasta, como decía mi padre, y también una buena amiga de mis amigos, que continúan siendo los mismos desde aquella boda en la que la conocí. Todos me siguen mirando con una brizna de envidia cuando la ven con esa elegancia innata y ese cuerpo ágil, sin cirugía, que se conserva igual que hace veinte años y después la comparan con sus mujeres, ya entradas en carnes o con *liftings* que tensan sus caras cada vez más.

Tengo muchas imágenes de ella, son demasiados años. Me gusta recordarla en aquella floristería hace ya tanto en una calle de Madrid. También me gusta pensar en ella el día que nació nuestro hijo mayor, que tiene dieciocho años, todo un hombre, y que entonces no era más que un renacuajo rojo y sucio. Esos fueron los primeros instantes, luego me enamoré perdidamente de ese niño que se convertiría en el chico desgarbado que es hoy, y que además trabaja conmigo, como yo hice con mi padre.

La semana pasada me preguntó si alguna vez le había sido infiel a su madre. Le dije que no y que me enorgullecía de ello. «Con tu madre no tengo secretos y hubiera sido incapaz de engañarla.»

Mi hijo me escrutó con esa admiración que despierta un padre al que no se conoce realmente.

Pero tampoco le mentía. Nunca le he sido infiel a mi mujer, aunque hubo una vez que hubiera sido capaz de hacerlo. Si no lo hice fue por casualidad. O por torpeza, quién sabe.

Hará más de diez años, ya no recuerdo cuántos, una mujer pelirroja entró en una carísima tienda de muebles donde yo estaba buscando un regalo para mi madre. La tienda, especializada en antigüedades y piezas exclusivas que procedían de Oriente, estaba casi vacía de no ser por las señoras refinadas que curioseaban. Serían alrededor de las cinco de la tarde.

La mujer llevaba el pelo sucio y su aspecto era desaliñado. Comía distraídamente gominolas de colores y de su brazo colgaban dos gigantes bolsas de papel. No sé por qué, me quedé mirándola mientras ella observaba unas máscaras de cerámica que seguro que tenían un precio exorbitante.

Por detrás de ella pasó una señora mayor y, al apartarse, la pelirroja hizo un movimiento brusco. Un jarrón se precipitó al suelo y se rompió en pedazos.

No supo cómo reaccionar y, ante la mirada impertérrita del dueño de la tienda, se tiró al suelo y empezó a juntar las piezas esparcidas, como si pudiera recomponer el jarrón y dejarlo listo para ponerlo a la venta de nuevo. Se dio cuenta de la estupidez y, de repente, se sentó en el suelo y miró con desesperación al dueño. Empezó a llorar diciendo que lo sentía mucho mientras se secaba las lágrimas con un pañuelo de papel usado que sacó del bolsillo de la gabardina.

Entonces me acerqué y le di el pañuelo de tela con mis iniciales bordadas, el que siempre llevo en el bolsillo de la americana.

—Ten —le dije.

Ella me miró y me dio las gracias.

Nunca he visto llorar a mi mujer. Si lo hiciera, jamás lo haría delante de la gente y, por descontado, no en el suelo. Probablemente nunca llevaría esas bolsas de papel casi rotas ni dejaría que cualquiera de nosotros las llevara. Nunca le he visto el pelo sucio, ni esas ojeras que enrarecían la mirada de esa chica joven desconsolada.

Como tampoco nunca he vuelto a sentir esa atracción hacia alguien. Esos ojos verdes anegados en lágrimas, esa apariencia espontánea y lejos de las formas y de la convencionalidad.

Pagué el jarrón roto. Era caro, pero no me importó.

Cuando salimos de la tienda de antigüedades, la invité a tomar un café y hablamos durante toda la tarde.

No pasó nada más allá de los dos correctos besos de despedida, pero, a veces, cuando me observo desde fuera, sumido en esta vida dichosa que llevo, no puedo dejar de pensar en esa otra vida que fluye entre ríos de lágrimas y mujeres que se suenan la nariz con pañuelos de papel. Entonces no puedo hacer otra cosa que preguntarme si elegir un ideal no es quedarse con la parte muerta de la vida.

Piscinas vacías

Años atrás me preguntaron en una entrevista de trabajo si había sido una niña solitaria. Pensé que era una pregunta extraña, y que tenía muy poco o nada que ver con el hecho de que me dieran un empleo que consistía básicamente en atender llamadas en un despacho de abogados.

Les contesté que no, que nunca había sido una niña solitaria. Convencida, sin titubear. Porque sí, porque me he convertido en una persona con habilidades sociales y una agenda llena de planes que, aunque no me interesen en absoluto, no dejan de ser planes. Sin embargo, de pequeña no era una niña agradable.

No me preguntaron nada más acerca de mi capacidad de socialización, pero tampoco me dieron el empleo. Tal vez la respuesta adecuada hubiera sido que sí, que había sido una niña solitaria y con problemas.

He hecho muchas entrevistas de trabajo. Me han preguntado muchas cosas pero no, por ejemplo, por qué tengo estas cicatrices en los brazos, estas cicatrices que parecen una cremallera, la sonrisa torcida de un personaje recién salido de una película de terror.

Nadie lo ha hecho. Aunque también es porque acostumbro a llevar manga larga.

Mi madre se marchó poco después de que mi hermano Juan muriera ahogado en la piscina del jardín. Fuimos mi padre y yo los que nos quedamos en aquella casa enorme, con esa piscina vacía que se convirtió en un eterno símbolo de duelo.

La piscina nunca volvió a conocer los rumores del agua. En otoño se llenó de hojas secas y más tarde fui añadiendo a sus profundidades juguetes que ya no me servían, como esa pelota de goma que se pinchó o el triciclo de mi hermano. No la llenamos de agua sino de ruinas, de objetos inservibles. Sé que a mi padre le molestaba que me sentara en la escalera de metal a la que Juan no había llegado a agarrarse. Pero a mí me gustaba hacerlo. Me quedaba ahí. Con mi uniforme y el abrigo azul, con mi libreta de dibujo en las rodillas. Miraba la piscina embelesada, fascinada por aquel agujero inútil. Cuando llegaba mi padre, corría para dentro de casa con las manos heladas y la nariz roja por el frío.

Él trabajaba mucho. Supongo que no quería volver a casa porque estaba llena de cosas ridículas como una piscina vacía, fotos de un hijo muerto y una hija que acumulaba desperdicios en un extraño hueco del jardín.

Mi madre me llamaba de vez en cuando por teléfono. Escuchaba su voz frágil y quebradiza. Hizo como las aves migratorias a las que yo tanto admiraba. Supongo que necesitaba un tiempo.

Yo iba a la escuela. Me acostumbré a vivir de la compasión que me tenían los demás. Los niños me ofrecían sus bocadillos a la hora del recreo y las maestras me daban chocolatinas a escondidas. Lo notaba: me tenían lástima. Como a un polluelo que se ha quedado solo en el gallinero.

No tenía amigos. Y sí, respondiendo a la pregunta de aquel despacho de abogados, fui una niña muy solitaria.

Me invitaban a los cumpleaños porque las madres se apiadaban de mí y de mi pobre padre, aunque no me extrañaría que cualquiera de ellas se hubiera querido ir a la cama con él, como compensación, también, para que no estuviera triste. Qué extraña manía tenemos los seres humanos de querer reparar cosas ajenas.

A veces echaba de menos a Juan. Había sido un incordio para mí porque era pequeño y, ya se sabe, los hermanos pequeños molestan a las hermanas mayores. Yo tenía seis años cuando desapareció. Él, tres. Recuerdo que en mi séptimo cumpleaños le pregunté a mi padre si él habría cumplido ya cuatro. Me contestó que en el cielo no se cumplían años.

Los muertos no tienen edad.

Pensaba mucho en él y, aunque no quería que volviera para siempre, sí tenía ganas de verlo otra vez, de contarle que papá había mandado vaciar la piscina o que mamá se había ido a vivir con los abuelos porque estaba triste: él se había muerto.

Me consolaba pensar que el cielo tampoco parecía estar lejos. Era lo azul de arriba, así que con un poco de impulso seguro que se llegaba. Desde el balcón de la habitación de mis padres, el mismo balcón que daba a la piscina vacía, el trayecto era más corto, un pequeño salto hacia arriba. Un par de alas y a volar.

Robé material en la escuela: tijeras grandes, muchos rollos de celo, pegamento y un ovillo de lana del cajón de las manualidades. Aquel día, cuando llegué a casa, no me senté en la escalera de la piscina. Me fui directamente a la despensa, donde cogí un par de cajas de cartón grandes. Las desmonté y empecé a dibujar.

Pensé en los ángeles de los pesebres de Navidad y me dije que yo sería como ellos. Serían unas alas grandes las que propiciaran mi ascensión hasta los cielos, donde vería a Juan y, con un poco de suerte, al niño Jesús.

No tardé demasiado en hacer las alas. Me enfadaba cada vez que el trazo me quedaba irregular o cuando recortaba por fuera de la línea que había dibujado. Tracé las alas de manera que estuvieran unidas y, después, hice dos agujeros en el centro, cogí el ovillo de lana y me armé de paciencia para hacerlo pasar por esas minúsculas aberturas. Luego me até un fuerte lazo en el pecho y me enrollé el resto de la lana alrededor del cuerpo para que las alas resistieran.

Me había quedado una chapuza y el hilo de lana me apretaba demasiado. Sabía que con esas alas no iba a llegar muy lejos, tal vez ni siquiera podría alcanzar el muro que separaba nuestro jardín del de los vecinos. Me senté en el balcón a llorar con las alas torcidas atadas a la espalda.

Les pegué una patada a las tijeras, que cayeron directamente a la piscina. También tiré abajo el resto del ovillo de lana.Me sentía inútil y no podía parar de llorar.

De repente oí el ruido metálico de la puerta automática del jardín. Clic. Se empezó a abrir lentamente y supe que el coche de mi padre iba a entrar. Conocía muy bien el ruido del motor.

Entonces, sin saber por qué, me enderecé, me subí a la barandilla del balcón y pensé en volar. En los aviones, en Superman. Pensé que solo hacía falta desear una cosa con muchas ganas para que sucediera. Lo deseé con todas mis fuerzas y salté. Me acordé, creo, de Juan; qué envidia le iban a dar mis alas. Sería la primera niña voladora, con solo siete años, me decía a mí misma.

Sentí que caía muy rápido, por la cabeza se me pasaron muchas imágenes y una de ellas era la de mi hermano sin manguitos el día en que se cayó a la piscina y gritó de aquella manera.

Ya no recuerdo nada más. Solo el hospital. Mi padre y mi madre, que volvió porque pensaba que también yo me iba a morir. Lloraba a los pies de la cama del hospital y me miraba los brazos vendados, la pierna levantada. La cara desfigurada de arañazos y golpes. Los ojos inyectados en sangre.

Cuando me preguntaron por qué lo había hecho, les dije la verdad; quería volar. Mi madre volvió a casa y empezó a visitar a un psiquiatra que le recetó pastillas que dejaba siempre encima de su mesita de noche. Sentía una enorme lástima por mí y por esas cicatrices que después de un tiempo empezaron a formar parte de mí y de mi fracasado intento por subir a las alturas. Mi madre me mandó a un psicólogo que les dijo que yo era una niña solitaria, que necesitaba afecto, cosa que creo que agudizó su depresión. Las explicaciones de los médicos nunca me han convencido. ¿Acaso sabían lo que era querer irse de casa y volar? ¿Acaso habían conocido a Juan y habían escuchado sus gritos antes de ahogarse?

Ahora todo eso ya da igual. El hecho es que nunca me devolvieron mis alas fallidas. Las debieron de tirar a la basura, aunque siempre he creído que las escondieron en la piscina vacía, llena de objetos inútiles, que con el paso de los años fue atesorando el horror del recuerdo de los hijos muertos o casi muertos.

Cuando en la entrevista de trabajo me preguntaron si había sido una niña solitaria, quizás debí contarles todo esto. Tal vez entonces me hubieran dejado coger el teléfono en aquel despacho de cuatro abogados arrogantes que probablemente no sabían lo que es estrellarse contra una piscina vacía. Lo que es escuchar el grito de un niño que no lleva manguitos y que siempre tendrá tres años.

El Serengueti

Hubo algo perdido y encontrado.
WISLAWA SZYMBORSKA,
Amor a primera vista

No sé qué tendrán las noches de Pamplona que me mantienen despierto hasta altas horas de la madrugada.

Son más de las dos, creo. Ya es sábado. Me he encerrado en mi despacho porque me apetecía escribirte este email. Estamos todos en casa después de una cena con unos amigos y hay ruido. Hace años te hubiera escrito una carta, como aquella vez que te mandé una con las fotos que nos hicimos en Bruselas, pero ahora me he acostumbrado tanto a este cacharro que no sabría ni cómo empezar a escribirte a mano. Te pondría, quizás, «Hola». Y luego un «¿Cómo te va?». Original, ¿eh?

En realidad, no sé qué quiero decirte.

Tú lo sabrías, seguro. Siempre encuentras las palabras adecuadas.

Lo primero: ¿llegaste bien? No es que piense que el avión se ha caído ni nada por el estilo, me habría enterado. Pero eso, que si te fue bien el viaje. Espero que sí.

Hace días ya que te fuiste. Hoy es sábado. El martes, después de que nos despidiéramos en el aeropuerto, me quedé pensativo. No sé, mientras te veía desaparecer a través del control de equipajes, quise decir algo, aunque no me salieron las palabras.

Ya estoy otra vez. En fin, no sé qué piensas de todo esto. De que haya pasado tanto tiempo ya.

Ahora me dirías eso de que soy un cínico. Y tendrías razón, no creas. Pero contigo es diferente.

Así que el otro día, aunque llegara a casa cansado, aunque no pudiera dejar de pensar en ti, me senté frente al ordenador y me puse a escribir unas cuantas líneas que tenían mucho que ver contigo y conmigo. No, no te pienso mandar esas líneas, porque son ridículas.

Me hiciste pensar.

Escribí como lo hacía cuando íbamos a clase juntos, como cuando teníamos prácticas de Periodismo Narrativo. Qué coñazo, ¿eh? Pero nos lo pasábamos bien. El martes me impresionó verte. Aunque no sé si «impresionar» es lo que quiero decir. Ya me entiendes.

Cuando te vi quise decirte algo: que me he equivocado muchas veces, pero creo que ha sido porque te conocí demasiado pronto. Éramos solo dos críos.

De niño pensaba que al llegar a los treinta, a los cuarenta, sería alguien importante, alguien que salvara vidas. No sé, un policía, un piloto de guerra o un escritor que supiera boxear, como Hemingway. La vida no me ha convertido en nada de eso. Decir «la vida» es cobarde. He sido yo.

Hace años soñaba con que algún día me iría a África, que viviría sobrevolando las llanuras del Serengueti. Vale, no te rías, que te veo. La realidad, ya lo sabes, es que trabajo en el gabinete de comunicación de una empresa de auditoría aquí, en Pamplona, desde hace seis años. El Serengueti, como supondrás, lo veo en los documentales, en este mismo sofá y en el mismo ordenador en el que ahora te escribo estas palabras.

Te dicen que te pasas la vida buscando lo que tienes —o tenías— delante de las narices. Estabas ahí, tan cerca. Sin embargo, nunca te vi como te veo ahora, como alguien real. Preferí verte como el Serengueti, como los cientos de aviones distintos con los que sobrevolé mi sueño de juventud. Te quedaste ahí, inmóvil.

Puede que te parezca gracioso todo esto. A mí también me lo parece. Yo, aquí, con mi ordenador portátil en el sofá de este despacho. Con todo este rollo de las ilusiones perdidas y la filosofía barata que me estoy vendiendo a mí mismo. Un brindis al sol, eso es lo que estoy haciendo.

Pero me siento como cuando terminé la carrera. Como cuando me doctoré.

Un modelo de vida que hay que seguir, «como corderitos», decías tú.

Me veo solo, trabajando en esta ciudad que aborrezco: Pamplona.

No te creas que siempre soy tan negativo. Supongo que fue al verte el otro día cuando me di cuenta de que en la vida pasan muchos trenes y que coger el primero por impaciencia, por no saber esperar, hace que lleguemos a las estaciones incorrectas. A las estaciones donde no te espera más que lo que no te esperabas de ti.

Tú, lógicamente, no estabas ahí.

Sé que ya te has ido de Pamplona, que solo estabas de paso, y, sin embargo, te siento tan aquí conmigo que se me hace imposible que tengan que pasar tantos años para volver a verte. Ojalá fuéramos como los gatos. ¿Te imaginas? Siete vidas para volver a empezar. Tampoco pido siete, no te creas que voy tan lejos. Con dos me conformaría. La primera para probar lo decepcionante que a veces puede ser la vida, la segunda para enmendarlo y vivir un poco más cerca de esas llanuras imaginadas que habitan en mi cabeza. En esta segunda oportunidad sobre la tierra, tú estarías conmigo, en las estaciones adecuadas. El Serengueti estaría cerca, al alcance de nuestra mano. Y sí: esto es algo parecido a una declaración de amor que llega tarde y que no tiene ningún sentido. Otro brindis al sol.

No sé qué tienen las noches de Pamplona que me mantienen despierto. No duermo demasiado bien en esta ciudad. De todas maneras, voy a marcharme ya de esta habitación. Apagaré el cigarrillo que me estoy fumando a escondidas de mi familia y abriré la ventana para que se vaya el olor. Mi hijo está jugando con las melodías del maldito teclado que le regalamos por Navidad. El ruido de esa máquina me puede.

Creo que le voy a decir que se vaya a la cama, que estoy harto de todo y que por mí todos se pueden ir hoy, más que nunca, a la mierda.

Pero no lo haré. Porque oigo también a mi mujer, que está riñendo a mi hijo y le ordena que se meta ya en la cama. Porque de fondo escucho el ruido del microondas con el vaso de leche que me ha puesto a calentar porque le he dicho que había llegado con frío y dolor de garganta.

Esta es mi vida. No sé si lo cobarde sería irse o quedarse.

Me da la sensación de que te he buscado mucho tiempo en los nombres equivocados de las cosas.

Después de la lluvia

> *Admitted: and the pain is real.*
> *But when did love not try to change*
> *The world back to itself—no cost,*
> *No past, no people else at all—*
> *Only what meeting made us feel,*
> *So new, and gentle-sharp, and strange?*
>
> PHILIP LARKIN, «When first we faced, and touching showed»

A través del teléfono, la voz del médico sonaba amable y cortés. Me decía que eran dos bultos grandes que crecían demasiado deprisa. «Del tamaño de una ciruela», bromeó. Creía que eran benignos, como me había dicho aquella misma mañana en la consulta, pero lo había cotejado con otros especialistas y no querían arriesgarse.

Había que quitarlos rápido, cuanto antes.

La noticia me llegó por sorpresa a media tarde, mientras trataba de repasar unos apuntes de Sociología en casa, y desde entonces he relacionado el concepto de suicidio anómico con las malas noticias. Cerré el libro y dejé a Émile Durkheim a un lado.

En un principio pensé que no había por qué preocuparse. Lo hice más tarde, al despertarme en un cuarto blanco y ajeno, al notar el vendaje que me oprimía. Me habían vaciado un poco y mi cuerpo era ligeramente diferente.

Tenía un pecho más pequeño que el otro, pero me dijeron que había tenido suerte.

Me asustan los cambios.

Me sentiría más cómoda si todo fuera permanente o si al menos las cosas se transformaran con lentitud para que dispusiéramos de un tiempo de adaptación. La mutación tendría que surgir a raíz de pequeños cambios en la continuidad: como la sucesión de los paisajes que vemos a través de las ventanillas de un tren, como las estaciones del año, una que anuncia la siguiente, siempre en el mismo orden.

O como en esos dibujos de Escher en los que los patos van transformándose imperceptiblemente hasta convertirse en peces. Contigo aprendí que la lógica de la vida es distinta. No hay indicios de que los patos se vayan a convertir pronto en peces. Hay patos o hay peces, pero no existe el estado de adaptación.

Me habían hecho ecografías. Mamografías. Me aplastaron el pecho izquierdo entre dos placas hasta convertirlo en una masa informe. Como una bolsa de carne picada en la carnicería. Mezcla de cerdo y ternera para el sofrito de los macarrones.

En las pruebas había salido algo feo.

—Acostúmbrate a palparte los pechos cada día. Así evitarás que ocurra esto de nuevo y descubras bultos tan avanzados —me riñó la enfermera.

Ya a punto de entrar en quirófano, el anestesista me dijo que todo iría bien. Pero siempre suelen decirte eso y aunque tengas que preocuparte nadie te lo advierte. «Ahora cuenta hasta diez», y vi la aguja atravesando mi piel mientras él hablaba con su compañera de la cena de trabajo del viernes anterior. Alguien debió de beber más de la cuenta.

No sé hasta qué número llegué. Me dormí.

Me quitaron dos bultos grandes. Como dos ciruelas. Y me dejaron dos cicatrices que han tomado relieve con el tiempo. Una de ellas tiene forma de luna. La otra no tiene forma. Pero no son cicatrices feas. De hecho, cualquiera podría decir que son de una vieja herida. Una herida de guerra.

Lo bueno es que nadie las ve, solo yo sé que están ahí.

Los primeros días después de la operación evitaba mirar la superficie hinchada y esos puntos que me recordaban que me habían cosido la piel como se hace con el dobladillo de un pantalón. Mutilada, esa era la palabra. Trataba de pasar rápido frente al espejo, como si al verme menos el estado transitorio de mi cuerpo fuera a desaparecer antes.

Al cabo de una semana me quitaron las vendas y bajo la luz inclemente del fluorescente de la consulta vi la diferencia de tamaño.

—Luego no se notará tanto —me dijeron.

Los puntos se cayeron y después aparecieron estas dos cicatrices que me recuerdan que antes había algo extraño dentro de mí. No duelen. Están.

Lo extraño es que en ocasiones, cuando llueve, siento un dolor en el pecho izquierdo. Es como una opresión, una punzada. Es la lluvia, que despierta a las cicatrices y las convierte de nuevo en heridas.

Pero únicamente ocurre en los días lluviosos. No sangra, solo escuece ahí dentro; aunque «dentro» es una palabra confusa. Es el agua que cae, que limpia las calles de mugre, que salpica las ventanas en las que me reflejo mientras escribo esto ahora, la que parece abrir las cicatrices para dejar paso al recuerdo.

También llovía el día en que mirabas aquel cuadro enorme en un museo de Madrid y yo te observaba desde atrás. Sin ver el cuadro, te escudriñaba, agarrada a mi libreta negra.

No consigo visualizar el cuadro. Tenía muchos colores y era grande. Creo que era un Sorolla.

Aunque en realidad no me interesan los museos, prefiero la gente.

Ese día me vinieron a la cabeza algunas cosas para las que no tenemos palabras. Las palabras se anclan a la vida con seguridad. Con ellas afirmamos que tenemos un mundo y que lo conocemos. Pero aquel día no las encontré. Estabas ahí, en ese museo, y fuera, detrás de los cristales, llovía. Una intuición me decía que si te marchabas iba a llover muchas veces. Supe también que no te irías lentamente, que no ocurriría como en los dibujos de Escher.

No hice lo que debí haber hecho. No corrí para quedarme ahí contigo, para agarrarme a ti y no a la libreta mientras mirabas aquel cuadro que no entendía. Contemplabas la belleza, lo sublime.

Tú observabas el cuadro, y yo a ti. Te quise desde ese momento.

Me enamoré de una mirada que no era para mí, que era para las cosas quietas, como la belleza de los colores de un cuadro.

Cuando salimos del museo aún llovía y no teníamos paraguas. Pero no me importó. Aquel día las cicatrices estaban ausentes y no me acordé del dolor de los días de lluvia.

Pero te fuiste. Cambiaron los paisajes sin darme tiempo de hacerme a la idea de que llegaba un invierno largo. No vi que los árboles perdían las hojas, tampoco los nubarrones que anunciaban la tormenta. No noté el frío que estaba por llegar.

Vi, de repente, el invierno.

Nunca te dije que quise correr y quedarme ahí siempre, dentro de esa manera de mirar tan tuya en la que tantas cosas no tenían cabida.

Ahora pienso que desde que no estás llueve muy a menudo. Y las cicatrices me vuelven a recordar que donde ahora hay piel un día hubo herida, puntos, vendas y sangre. Me vuelven a recordar que dolía.

Migas

I made a wasteland out of everything I touched.
RAYMOND CARVER,
Conversations with Raymond Carver

—¿Qué tal la exposición? ¿Algún cuadro negro con un punto rojo que te haya impresionado?

—Papá, era una exposición de escultura.

—Ah, pues ¿qué tal las estatuas? ¿Había también jarrones de la dinastía Ting?

Nos volvemos a reír mientras observo cómo preparan el cóctel. Le han puesto un trozo de corteza de naranja y una rodaja de pomelo. La tónica es de una marca noruega y tiene que echarse lentamente por una cuchara trenzada. En la copa de mi padre solo han puesto unas bolitas de pimienta.

—Desde que los *gin-tonics* parecen competiciones de adornos florales me dan cada vez más ganas de volver al whisky-cola de siempre.

—Hay que tener cuidado con la tónica que se escoge —el chico que nos ha servido nos interrumpe—. Si se combina con cítricos, es mejor que tenga mucho gas para que el carbónico mitigue el efecto del cítrico.

Lo miro intrigada. Mi padre asiente y le da las gracias.

—Lo que te digo, que un día le pondrán una orquídea y se quedarán tan panchos.

Se queja pero sé que en el fondo le divierte que le traiga a estos sitios.

—Te la podrías poner detrás de la oreja, papá, le daría un toque de glamour a tu incipiente calvicie.

Cuando se ríe se le marcan las arrugas que tiene alrededor de los ojos. Su calvicie no es incipiente. El pelo se le empezó a caer de joven, cuando apenas tenía treinta años. Alguna vez, siendo niña, le pregunté si no se podía trasplantar pelos del pecho a la cabeza. Me parecía curioso que se le fuera cayendo el pelo de un sitio y le creciera en otros.

Mi padre y yo tenemos el mismo sentido del humor. Nos hacen gracia las mismas cosas. Utilizamos la ironía para hacer ver que está todo bien. Son códigos familiares. Cuando dos personas no están acostumbradas a hablar demasiado, es más fácil reírse. El humor es un buen aislante.

No conozco mucho a mi padre. Nos llevamos bien, pero no puedo decir que sepa qué le preocupa o en qué piensa antes de acostarse. Esta falta de comunicación no tiene nada que ver con que mis padres estén divorciados desde que era un bebé de meses ni con que vivamos en ciudades diferentes, yo en Barcelona, él en Madrid. Tampoco con ese trauma imaginado por tantos psicólogos al que bautizaron como abandono del padre.

Siempre me ha resultado extraño que la gente se justifique con los traumas. El hecho de que mi padre y yo no tengamos más relación se debe a que no hemos hecho demasiado esfuerzo por conocernos. Las relaciones entre padres e hijos son complejas, absurdas incluso.

Una vez, mi psicóloga me preguntó si quería a mi padre. «Claro que sí», le contesté. Entonces me preguntó que cómo lo sabía.

—Es muy pesada la obligación de querer a los padres. Hace mucho daño. ¿Tú crees que tu padre te quiere?

—Sí, supongo.

—¿Supones?

—Bueno, soy su hija, ¿no?

Ella volvió a apuntar algo en su libreta y cuando salí de la consulta seguí dándole vueltas al tema. ¿Se puede medir el amor? ¿Se puede demostrar? Durante algunos días busqué constataciones del amor de mi padre. El dinero que me ingresaba religiosamente todos los meses, las veces que me iba a recoger al aeropuerto, cuando me compraba batido de chocolate para desayunar.

¿Era eso? Nunca me lo había planteado.

Ahora, mientras me cuenta que se ha pasado el día en el hospital porque tenía que hacerse una resonancia, lo noto cansado, mayor. Y me vuelven esas preguntas a la cabeza. Nunca me había tomado un *gin-tonic* con mi padre. Es agosto y estamos en Madrid. Hace mucho calor. Los dos, padre e hija, sentados en una terraza de la calle Orense.

—¿Te quedas a dormir en casa de tus amigas?

—Sí —le miento.

—¿Las de Barcelona?

—Sí. Bueno, no —y me atrevo por fin a contarle—. En realidad, me quedo con un chico.

Mi padre me mira ilusionado.

—¿Tienes novio?

Le digo tímidamente que sí, que algo parecido, que acabo de conocer a un chico. Aunque no sea exactamente verdad, aunque haga tiempo ya. Pero de repente, un poco achispada por el alcohol, me apetece contarle algo que se salga de nuestras conversaciones de siempre.

—Es el hijo de un amigo de mamá. Se ha separado de su mujer.

Me mira intrigado.

—¿Tiene hijos?

—Sí, uno. De tres años y medio.

—¿Lo conoces?

—No. Él prefiere que no. Aún no hace un año que se ha separado.

—¿Es mucho mayor que tú?

—No. Cinco años. Nada.

—Pero ¿vivís juntos, tenéis planes?

—No. De momento imposible. Hace tiempo que me apetece dejar Barcelona y buscarme trabajo fuera, y Madrid me gusta. Igual es la ocasión perfecta. Y planes..., sí, nos vamos viendo.

—¿Qué hacéis ahora en Madrid? ¿No os vais de vacaciones?

Le explico que él acaba de volver a Madrid. Se había ido unos días con su exmujer, su hijo y los primos de ella al campo. Así no se le hacía tan duro a ella y el niño se iba adaptando en esta fase de la separación.

—Es muy buen chico, papá. Lo único que, bueno, supongo que no debe de ser fácil dejar una familia, ¿no? Y empezar algo nuevo con una chica cuando llevas tanto tiempo casado, no sé...

Sin que me haya dicho nada, empiezo a justificarme. Aunque pienso que mi padre debería saber mejor que nadie cómo funcionan estas cosas, porque se separó de mi madre cuando yo tenía tres meses. No lo vi hasta que cumplí los dos años, pero de eso, claro, no me acuerdo. Me contaron que se había enamorado de otra mujer y crecí con el miedo de que a mí me ocurriera lo mismo. En casa, enamorarse de otra mujer e irse dejando a un bebé era una cosa que podía ocurrir en cualquier momento.

Noto que mi padre está tenso y eso me resulta extraño: él es tranquilo, como yo. Bebe de su *gin-tonic* y me pregunta si estoy bien. Le respondo que genial.

—Pero vuelves a tomar esas pastillas para dormir, ¿no?

—Bueno, sí, pero eso no tiene nada que ver —y cojo carrerilla—. A veces la situación me agobia. Estar dentro y fuera a la vez. ¿Sabes a lo que me refiero? Es difícil ser un buen padre, ocuparse de su ex y ser un buen novio al mismo tiempo.

Mi padre se queda callado. Yo también. Le cuento que él solo intenta que nadie sufra, que su ex sea feliz y que cree que lo mejor es que sigamos llevando las cosas así. Ya tendremos tiempo de irnos de vacaciones, le digo sonriendo.

—No me pasa nada por no irme a las Maldivas este año —bromeo.

Mi padre está serio. Le pide al camarero que nos traiga más cacahuetes y me dice que en la vida hay que escoger.

—No puedes ser el padre perfecto, el novio perfecto y el exmarido perfecto. Alguien sale perdiendo siempre. O todos. Yo me separé, pero no a medias. Intentar mantenerlo todo en orden es de cobardes.

—Él no ha hecho nada a medias —le digo alterada—. Que yo sepa, tú también me dejaste. Por lo menos él sigue viendo a su hijo. Y lo de cobarde...

—Y a su ex también, ¿no? —me interrumpe—. ¿Se va con ella de vacaciones para que no sufra?

Me quedo callada. Nunca le he visto así de enfadado y no lo entiendo. No es el más indicado para estarlo. En treinta y dos años, jamás habíamos hablado de la separación.

—¿Tú le quieres?

Le digo que sí, que estoy enamorada y que nunca me había pasado algo así. Y entonces formula, claro, la otra pregunta.

—¿Tú crees que él está enamorado de ti?

Le contesto que no tiene ningún derecho a ponerlo en duda. No es nadie para hacerlo. Pienso, aunque no lo digo, que si me he pasado treinta y dos años sin sus consejos sentimentales puedo continuar así otros treinta y dos.

—En realidad solo quiero que estés bien —dice—, perdona. Pero tienes que cuidarte.

—Lo hago, tranquilo.

Bromea acerca de que va a tener un «nieto postizo». Sin embargo, sé que allí ha terminado nuestra conversación.

—Me lo llevaré al fútbol cuando sea mayor, ¡eh! ¡Como sea del Barça, eso sí que no!

Asiento y sonrío. Está haciendo una broma pero está incómodo. Pido la cuenta y desmenuzo la rodaja de pomelo con la pajita en lo que queda del *gin-tonic.* Está anocheciendo y el calor empieza a remitir.

Nos vamos, y mientras nos dirigimos hacia el coche pienso en la pregunta de la psicóloga. En la de mi padre. Es insólito que la vida formule preguntas tan parecidas en contextos tan aparentemente distintos. Es extraño que nunca sepa contestar a esas preguntas.

Mi padre se fue con otra mujer. Yo estoy enamorada de un hombre que ha dejado a una mujer. Mi padre rompió una familia, al menos es lo que siempre me contaron. No sé si yo he roto algo. O si se me ha roto algo a mí.

Pienso en esa estatua griega que acabo de ver en el Prado. Era un busto precioso. Me he quedado mirándola mucho rato: una diosa griega hecha en mármol. Una figura femenina perfecta. Unos rasgos precisos. Exquisita. Cuando me he acercado más, me he dado cuenta de que estaba llena de grietas.

¿Lo quieres? ¿Te quiere? ¿Cómo lo sabes? ¿Hay grietas cuando te acercas?

Yo sé que lo quiero.

Cuando nos despedimos, mi padre dice:

—No te quedes con las migas del pastel, ¿vale? No te lo mereces. Te haré el ingreso por tu cumpleaños la semana que viene.

Sí que está enamorado de mí, papá, pienso. No logro decírselo.

Empiezo a andar, pero me detengo cuando el coche de mi padre desaparece a lo lejos por la calle Orense. Observo mi reflejo en la vitrina de un Zara. Hay maniquís. Carteles que anuncian rebajas hasta el 50%. Última oportunidad.

Los nombres de los acantilados

—Ammu, si eres feliz en un sueño, ¿cuenta? —preguntó Estha.

—¿Que si cuenta qué?

—La felicidad. ¿Cuenta?

Sabía perfectamente a lo que se refería aquel hijo suyo con el tupé deshecho. Porque la verdad es que solo cuenta lo que cuenta.

La sabiduría simple e inquebrantable de los niños.

—Si comes pescado en un sueño, ¿cuenta? ¿Quiere decir que has comido pescado?

ARUNDHATI ROY,
El dios de las pequeñas cosas

Lo seguía a una distancia prudencial. No podía apartar la mirada de su espalda desnuda ni del movimiento oscilante de sus brazos.

No sabía hacia dónde se dirigían.

Observaba atenta cada uno de sus gestos y todo lo que los rodeaba. Sus pasos, decididos, sin miedo, sin rumbo también. El tramo rocoso por el que avanzaban con dificultad. Las huellas poco definidas, como las que deja alguien que intenta evitar las pruebas de la realidad.

Él tampoco sabía hacia dónde se dirigían. De repente se detuvo.

—Mira hacia abajo —le dijo.

Estaban en el borde del acantilado. Por debajo de ellos solo había rocas y la insondable profundidad azul del mar. El mar, el mar.

Los embates del mar le hicieron pensar en una lucha que siempre conocía el mismo vencedor; el agua, el tiempo. La erosión a la que estaba sometida la vida.

Él descendió por el acantilado, pero ella se quedó quieta. Fría. Lo siguió con la mirada.

Pensó que tal vez hubiera podido pedirle ayuda. Rogarle que le mostrara los lugares seguros del escarpado descenso. Lugares donde apoyar la fragilidad de sus pies blancos.

No lo hizo.

No quiso hacer nada. Porque ella sí tenía miedo.

Ella tenía aquella mirada vacía de quienes se han encontrado con la dificultad de pronunciar ciertos nombres, ciertas palabras. Cargaba sobre sus hombros una infinita y sabia prudencia que la obligaba a avanzar a tientas, como si la vida se hubiese convertido en una habitación sin ventanas y se hubiera fundido la bombilla de la última lámpara que quedaba.

Todo era prudente en ella. Su manera de apartarse los mechones de pelo que le caían sobre los ojos claros y asustados que buscaban una señal, un atisbo de comprensión que no llegaba. Por eso los cerró.

Cuando los abrió de nuevo, lo vio sumergirse en el agua, nadar como un pez hasta llegar a una pequeña cala en cuya arena había desde hacía mucho tiempo un barco de pescadores abandonado.

Él sabía que ella no dejaba de mirarlo.

Más tarde se reunieron en la claridad de las aguas de la cala. Ella nunca supo cómo había llegado hasta allí. Hasta él.

Las olas golpeaban las rocas con rabia.

Ella pensó en los años, en los procesos imperceptibles que tenían nombres como erosión, envejecimiento, muerte. Amor, tal vez.

Entonces se quedó inmóvil observando el mar. Su mirada se detuvo en la línea imaginaria que señalaba su fin, el horizonte, uno de aquellos nombres que se habían inventado para hablar de límites inexistentes.

El acantilado empezó a desaparecer imperceptiblemente. Sus ángulos se redondearon y él quiso estar atento para verlo todo. Ella no.

Él se había sentado sobre la madera podrida de la embarcación y fijaba la vista en el agua, en la fuerza del agua, y soñaba en ser como ella, en desplazarse hacia la parte oscura para llamar al horizonte por su nombre; llamarlo agua, cielo, mar.

Luego, una roca de suaves contornos sustituyó al acantilado y cambió el paisaje. Convirtió aquella cala situada en un entorno agreste en una apacible playa para turistas.

Él había sabido de antemano que esas cosas ocurrirían. Donde un día había un acantilado, al siguiente ya no quedarían más que escombros.

—¿Ves como no tenías que tener miedo? —le dijo.

—No tenía miedo —mintió ella.

Entonces lo volvió a mirar y lo confundió con alguien al que creyó haber conocido tiempo atrás. Sintió un escalofrío. Lo miró a los ojos y vio en ellos un mar que había dejado de reflejar los acantilados para reflejarse solo a sí mismo.

Después ya no supo qué decirle. Se acercó, le acarició el pelo y sintió el calor del sol en la palma de la mano.

Por último vinieron las nubes. No hubo horizontes, ni rocas, ni siquiera mar. Se apagó la luz del sol. Aún más tarde, ella recordó algunas cosas importantes como el tacto de una piel que no conocía, el rumor del oleaje en la oscuridad de la vida o la dureza de unas manos que se habían acostumbrado a no aferrarse a nada.

Mucho después, ella ya no recordó más. Sin embargo, cuando cerraba los ojos, era capaz de vislumbrar un acantilado y un rayo de luz que había quedado atrapado en la palma de su mano.

Y pensaba de nuevo en el mar inmenso que se había llevado con él las pocas palabras que aún podían hablar de algunas cosas importantes.

Al final lo olvidó todo de aquel día.

Lo que sostiene el mundo

Hasta que fuimos mayores, tanto como para saber hacernos el nudo de la corbata y decidir el color de la camisa que conjuntaba, dormimos en una litera. Arriba Conrado, abajo yo. Él, que era mucho más grandote, zarandeaba la cama hasta tal punto que más de una vez temí que se fuera a venir abajo. Yo me agazapaba en mi pequeño hueco intentando no mirar la curvatura que creaba su cuerpo en el somier.

Pasé muchas noches de verano alerta, temiendo el momento de un desastre que jamás llegó. Recuerdo perfectamente un clavo ya medio oxidado que sobresalía de una madera de la parte posterior de la litera. Nunca se movió ni un milímetro; parecía tan débil y, sin embargo, siempre permaneció allí. Cada noche, antes de dormir, una de las últimas imágenes que procesaba no era otra que la de aquel misterioso prodigio del equilibrio.

Con los años, Conrado y yo fuimos tomando caminos separados y empecé a olvidar aquella litera compartida durante tanto tiempo. Sin embargo, a veces me sobrevenía la imagen de aquel clavo que parecía sostener el peso de lo inefable.

Los años pasaron veloces y relegué el pantalón corto al fondo del armario. Conrado había dejado de ser un niño simpático y gordo para convertirse en la estrella de fútbol del colegio. Éramos amigos aún, y yo seguía pasando los fines de semana en nuestra habitación de la litera de su casa de campo. Pero progresivamente fuimos alejándonos: por maneras de vestir distintas, por los índices de popularidad, por la parafernalia de diferenciación tribal que marca la adolescencia.

Por entonces me había convertido en un modesto estudiante de Derecho emocionado con la idea de la justicia para el pueblo. Fue después cuando me di cuenta del equívoco. Palabras como «justicia» y «pueblo» se escribían juntas en muchas ocasiones, pero remitían a otro término: demagogia.

Ingresé en el seminario cuando tenía veintiún años y una carrera de Derecho a medio hacer. En mi maleta ya no encajaban las ilusiones del mundo perfecto con las que durante tanto tiempo había soñado. Esos primeros años de carrera quise salvar al mundo de la injusticia con mis manuales de códigos inservibles. A las puertas de mi juventud estaba convencido de que la única salvación posible era la del alma. Me creía ungido de una gracia especial.

Mi familia y Conrado me despidieron en la estación de tren. Estaba mi madre, que hacía esfuerzos por no llorar, y mi padre, para el que Dios era una cosa de mujeres, como el punto de cruz, avergonzado de la decisión de su único hijo varón. Era economista, uno de los hombres más influyentes de Buenos Aires, y en sus planes no cabía la posibilidad de que yo intentara arreglar el mundo con plegarias. «El terreno de los hombres está en la universidad, no en el convento.»

Por último estaba Conrado, aún incrédulo. Me despedí de él con una fuerte palmada en la espalda, con ese afecto torpe que muchas veces marca la llegada de la edad madura en los hombres. Me subí al tren que me llevó lejos de casa durante cuatro años.

Mis amigos terminaron sus carreras. Se convirtieron en periodistas, sociólogos, diseñadores gráficos. Yo sentía mis manos envejecer bajo el hábito al que ya me había acostumbrado. De alguna manera, me sentía feliz. Añoraba muchas cosas del mundo exterior, pero también me daba cuenta de que no estaba hecho para mí. En mi minúsculo cuarto del seminario, en esa comunión con Dios que nunca llegó a ser tan profunda como deseé, me sentí crecer, abandonando para siempre el incierto terreno de la niñez, de la adolescencia e incluso de la juventud. Dios estaba en mi imagen del mundo, en el crucifijo que me observaba desde las paredes desnudas. Sentía a Dios con una lejanía que jamás pudo colmar el peso de mi renuncia. Esperé. Fueron años en los que me mantuve alerta, como quien espera a ver si el clavo de la madera finalmente se afloja. Mientras, mi fe me abandonaba.

Un día salí para siempre del seminario.

Mis padres, ante mi sorpresa, habían envejecido mucho. No se soportaban entre ellos. Mi padre había dejado de trabajar y se había convertido en un hombre huraño y amargado.

—¿Qué vas a hacer ahora que has perdido cuatro años?

Esa fue su pregunta de bienvenida.

Mi madre me había preparado milanesas. Era mi plato preferido, cuánto había echado de menos la comida de mamá. Sin embargo, tampoco eso me satisfizo.

Aquel mismo fin de semana me fui con Conrado al campo. Ya no dormíamos juntos, ahora él tenía una habitación con cama de matrimonio que compartía con su novia cuando lo acompañaba, cosa que no hizo entonces.

Teníamos muchas cosas de las que hablar. Comimos asado, montamos a caballo.

Por la noche dormí en la litera. Ahora, sin el peso de mi amigo arriba, no temía morir aplastado.

Cuando iba a cerrar los ojos, lo vi; el clavo que durante todos esos años había estado ahí, en el mismo sitio.

No se había movido en todo aquel tiempo, con sus días, sus minutos y sus segundos. Mientras yo rezaba, mientras las dudas anegaban mi cabeza, ese clavo había estado ahí, inmutable.

Lo que está fijo es lo que nos ha de sobrevivir. Con el amor, creo, no ocurre lo mismo.

Derrumbe

A la porra la poesía, es a ti a quien deseo:
tu sabor, la lluvia
en tu cuerpo, mi boca en tu piel.
MARGARET ATWOOD, *A medianoche*

—Está en esa edad en que lo quiere saber todo. Ya te imaginas...—dijo él—. El otro día se le cayó el primer diente.

Ella sonrió.

—La verdad es que es un niño muy mono.

Se arrepintió de haber dicho aquello. «Mono.» Sabía que a él no le gustaba aquella palabra. Decía que era cursi.

—Está en una edad divertida —insistió él.

Ella sonrió de nuevo porque no sabía qué decirle. Miraba la mano de él. Su mano. Cerca de la suya. Se había vuelto a poner la brillante alianza.

En realidad, solo los separaba una mesa. Servilletas de papel. Un «gracias por su visita». Una revista que ella manoseaba inquieta.

Él se pasaba la mano por el pelo y la observaba fijamente, como si quisiera adivinar la remota conexión que existía entre aquella sonrisa artificial y lo que en realidad pasaba por su cabeza.

Ella, por su lado, pensaba que si hubiera querido, habría podido extender la mano y tocarlo. Poner su mano sobre la suya. Acariciar sus largos dedos. Eso la aterrorizaba.

Al fondo, en la barra del bar, una mujer tomaba un vaso de vino tinto. Eran las cuatro de la tarde, una hora extraña para tomarse un vino tinto.

Había algo sórdido en todo aquello. Dos personas que se habían encontrado cuando la fiesta había llegado a su fin. Cuando ya no quedaban invitados y había dejado de sonar la música. A su alrededor no había más que escombros, platos sucios y copas con marcas de un pintalabios barato.

Desde el exterior, a través de los cristales de esa cafetería anodina, nadie se fijaba en ellos. No había nada fuera de lo común en una pareja sentada en la mesa de un bar. Sin embargo, si alguien se hubiera detenido a observarlos, habría pensado que había algo lúgubre en sus expresiones.

Tal vez fueran los gestos excesivamente comedidos, las miradas esquivas. Una escena de teatro, eso era. Un montaje en el que cada uno de los objetos, sin ser real, buscaba serlo, actuar como si lo fuera. Láminas de Rothko encerradas en marcos pretenciosos. Extraños objetos que acumulaban polvo en las estanterías. Adornos. Abalorios.

La vida estaba llena de cosas que nunca cumplirían la función para la que habían sido creadas.

Libros que adornaban paredes. Vasijas que se quedaban siempre tras las vitrinas de las casas. Cucharillas de plata con fechas de bautizos.

También ocurría, a veces, con las personas.

De fondo sonaba la canción *More than This,* y ella tarareaba el estribillo: *«More than this you know there's nothing».*

—Vaya —dijo él.

—¿El qué?

—Nada. La canción.

—Ah, ya.

La miró. Tenía ganas de besarla. De llevarla a una habitación de hotel y desnudarla. Pero también de abrazarla. Hablar.

—Creo que al final no me voy a pedir el café —dijo ella.

—¿No?

—No. Es raro. Últimamente no me sienta bien.

Él se levantó y se acercó a la barra para pedir un agua con gas. Cuando volvió, ella había sacado su teléfono móvil del bolso y tecleaba rápido.

—Perdona. Me ha saltado una alarma y no sé cómo quitarla.

—No pasa nada.

De repente se oyó un ruido fuerte. La mujer de la barra se desplomó. Ella vio casi a cámara lenta cómo el taburete cedía hacia atrás y la mujer caía al suelo. Había perdido el conocimiento por completo. El camarero salió corriendo para atenderla. Ellos se levantaron y de pie, sin saber qué hacer, observaban la escena con pánico. La mujer empezó a convulsionar.

—¡Llamad a un médico, a una ambulancia, lo que sea! ¡Ya! —gritó el camarero.

Ellos seguían sin moverse. Un hombre llamó a una ambulancia. Ella, temerosa, se acercó sin saber si debía tocar a la mujer, que ahora profería ruidos guturales. Se agachó, le cogió la mano, rígida y fría, e intentó acariciarle los dedos agarrotados.

—Todo saldrá bien, ya verás —le dijo a la desconocida.

Pero la mujer, que ya había dejado de convulsionar, tenía ahora la mirada perdida y no respondía a ningún estímulo externo. Él se mantenía al margen.

—Tranquila... —volvió a intentarlo ella.

El camarero le dijo que sería mejor que la dejara sola porque estaban llegando los de la ambulancia y necesitaba calma, así que ella se apartó y se quedó junto a él.

Ambos observaron cómo la mujer, lentamente, iba tranquilizándose. Ninguno decía nada.

Fuera, la ambulancia se acababa de detener y empezaba a colapsar el tráfico. Dos hombres entraron en el bar con una camilla, se agacharon junto a la mujer y le hicieron preguntas. Ella no contestó.

Se la llevaron al rato.

Después de que atravesaran la puerta, se hizo un silencio en el bar. Los camareros volvieron a su rutina, pero ellos aún seguían de pie. Él le puso su mano fría en la nuca y ella se sobresaltó.

—¿Estás bien? —le preguntó. Ella asintió.

Entró un hombre que vendía rosas y ambos se miraron. No, no querían rosas, dijeron a la vez.

—Es raro, ¿no? —dijo él.

Pero ninguno sabía, en realidad, a qué se refería con lo de raro. Él pensó que tenía que llamar a su mujer para que recogiera a los niños.

—¿Todo bien? —le preguntó ella.

—Sí, nada. Perdona. Estaba pensando que tenía que hacer una llamada que había olvidado. La haré luego.

Se sentaron, les llevaron el agua con gas y él sonrió. Sintió de nuevo aquel vacío. Hubo un tiempo en que había existido entre ellos una línea claramente delimitada. Un día la línea empezó a desdibujarse y se hizo más delgada. Ellos no la vieron. La traspasaron.

—¿Has tenido mucho lío hoy?

—Bueno, lo de siempre. ¿Tú?

—No, tampoco demasiado.

Ella sonrió y le preguntó de nuevo por sus hijos.

—El pequeño está un poco resfriado. Ya sabes cómo son esas cosas.

—Sí. Lo sé —dijo ella.

Lo llamaron por teléfono y salió para hablar mientras ella lo observaba a través del cristal. Gesticulaba, movía esas manos que ella tan bien conocía. Pero ahora le parecía que aquellas manos habían cambiado. Le eran terriblemente ajenas.

Cuando volvió a entrar, ella le dijo que tenía que irse. Mientras le hablaba le miró a los ojos y pensó que lo quería y que nunca se lo había dicho. Ya era tarde para eso. Tarde o pronto, quién sabía.

—Sí, vámonos. Es tarde.

Pagaron la cuenta.

Si hubiera querido, habría podido rozarle distraídamente la mano al retirar las monedas del cambio. Si hubiera servido de algo.

Salieron a la calle y él encendió un cigarrillo. El semáforo se puso en rojo y ambos se detuvieron en silencio. Tampoco habría servido de nada decir algo, y ninguno de los dos lo hizo. Miraban los coches.

Él quiso decírselo.

«Estoy-enamorado-de-ti. Estoy-enamorado-de-ti.»

Sin embargo, no encontró la manera. Entonces cruzaron el paso de cebra y se despidieron en el semáforo con un abrazo frío. De vuelta al trabajo ella se preguntó algunas cosas importantes. Pero solo podía pensar en sus manos.

Sonó la maldita alarma de nuevo, entró en la oficina y llamó a su marido para decirle que en la tintorería tenían listo ya el abrigo de lana que habían dejado el miércoles.

El rastro de los caracoles

No recuerdo muchas cosas de mi infancia, pero sí la lluvia. Salir corriendo por la puerta de atrás y quedarme quieta. Levantar la cabeza hacia el cielo, abrir la boca e intentar tragar gotas de agua. Quería formar parte de la lluvia.

Estas son algunas de las cosas que recuerdo.

Pero uno no escoge su propia memoria. Solo es verdadera la primera imagen del recuerdo, a partir de entonces cada vez que volvemos atrás es para deformar esa primera instantánea.

No podemos estar seguros de que nuestra visión del pasado sea verdadera. De lo que sí tenemos certeza es de que cada vez nos alejamos más de él.

Platón creía que la vida presente es el recuerdo de la realidad que nuestra alma conoció antes de caer encerrada en el cuerpo. Conocemos recordando, decía, al revés de Borges, para quien el recuerdo consiste en irse alejando de la realidad.

Qué poco duraderas son esas imágenes de la memoria, y con qué facilidad las sometemos a esa mutación involuntaria que las hace apartarse de lo que eran en un principio. Son fugaces. Como el rastro que dejaban los caracoles sobre las baldosas de gres del patio de casa.

Nunca he confiado en mi memoria, pero sé que siempre que llovía quería salir a mojarme y cerrar los ojos. Quería pensar que yo también podía ser agua que se deslizaba por los árboles y por las calles, que formaba charcos en las aceras y llenaba los embalses vacíos. Agua que se precipitaba sobre el mar, que empapaba mi pelo y rodaba por mis mejillas.

Durante muchos años he tenido la creencia de que la lluvia se asemeja a las lágrimas, las mismas que con los años dejan imperceptibles surcos en la expresión, como el agua que erosiona la tierra.

Los días de lluvia me ponía mis botas de agua de color violeta. Me las compraron dos tallas más grandes para que pudiera aprovecharlas más tiempo. Aún las tengo; el pie no me creció tanto como esperaban. Nadie había contado con mi enfermedad. Ni siquiera yo misma.

«Te pondrás enferma, ten cuidado», me advertía mi abuela. Pero a mí me gustaba chapotear con las botas puestas. Recuerdo mi mano agarrada a la de mi abuelo. Íbamos a buscar caracoles para que mi abuela los cocinara. Yo solía quedarme unos cuantos y les daba de comer hojas de lechuga. No quería que murieran, al menos no ahogados y hervidos en la cacerola. Prefería matarlos de otra manera.

Qué animales tan extraños, los caracoles, pensaba. Con esas antenas que siempre intentaba pellizcar y arrancar.

No sé de dónde nacía la manía de perturbar la vida de los animales. Supongo que necesitaba comprobar que yo también podía destruir cosas con una pisada, que nidos enteros de hormigas podían ser destrozados de un puntapié. Que podía aplastar un caracol y sentirme fuerte y dueña del destino de un ser pequeño e insignificante.

Crecí mirando a través de la ventana. Fui una niña enferma, débil, obligada a guardar cama continuamente. Vivía observando cómo las hojas muertas cubrían un jardín que la maleza había copado hacía ya mucho tiempo. Me daban pena todas esas hojas. Al igual que los dientes que iba perdiendo. No sabía qué hacer con las cosas que caían, con aquello que moría.

No sé dónde quedaron mis dientes de leche o los mechones de pelo que llenaron el suelo del baño cuando decidí que la trenza era demasiado larga. Mi abuela cogió una escoba y lo barrió todo.

En la vida solo hacemos dos cosas: acumular, y después tirar. Construimos la vida alrededor de cosas que desechamos cuando han cumplido su función.

Tengo algunas fotos de mamá de cuando era joven. No sé si llegaré a la misma edad que tenía ella cuando murió. Es extraño ser mayor que tu madre muerta.

Mi madre me dejó con mis abuelos cuando yo era una niña. Murió con treinta y cinco años. Padecía la misma enfermedad que yo.

La vi muerta, en la caja.

Aquí y ahora, desde la cama donde escribo, viendo el final de las cosas, empiezo a entender que la vida era solamente intentar trazar un camino, dejar una marca. Por muy pequeña e insignificante que fuera. Como el rastro de los caracoles.

Cuídate

Cada uno de nosotros guarda algo
desconocido de las vidas ajenas.
KIRMEN URIBE, *Mayo*

Después de aquel enero nunca volví al Norte.

No sería capaz de decir a ciencia cierta si lo que ahora recuerdo de todo aquello tiene algo que ver con lo que en realidad sucedió. Hay una historia, la mía, la que me he contado a mí mismo desde entonces, y en ella hay imágenes a las que el tiempo ha dado el sentido que tienen las cosas que ocurren en los libros. El sentido de la causalidad, el de la justificación.

No podríamos vivir sin justificarnos. Moriríamos.

Sé que hacía frío, por ejemplo. Que el grifo de la cocina no cerraba bien. Había unos guantes rojos de lana y un vaso con restos de café de hacía dos días. El abrigo estaba en el suelo. Hubo una conversación. El hijo de los vecinos lloraba. Una carta del hospital abierta encima de la mesa del salón. Flores marchitas en un jarrón de cristal.

Imágenes. Nada más que eso.

Yo tenía prisa. Prisa por irme de allí, por cerrar la puerta. Sé que ella también tenía prisa, aunque la suya era distinta de la mía. Puedo recordar otra cosa: sus ojos implorantes.

Sé que luego mentí y me fui. Lo último que le dejé fue otra mentira.

Le dije que estaría bien. Pero no, no volví al Norte.

Nunca lo hice. Cuando se terminaron los días felices, cuando ya no hubo más cruces que marcar en el calendario, me dije que era mejor encerrar esos días a cal y canto en el cajón de las cosas que no sabemos dónde guardar. Mi abuela, que no soportaba los trastos, me repitió cientos de veces que cuando algo se rompía había que tirarlo. Y me hizo prometer que dejaría de esconder cosas.

Después de aquel enero falté a mi promesa de infancia. Pero estoy seguro de que mi abuela, que ya no está aquí, entenderá que no haya podido tirar esos días rotos.

Siendo niño, acariciaba la idea de que si no veía una cosa era como si no existiera. Yo mismo, cuando hacía algo mal, cerraba los ojos, me los tapaba con las manos y dejaba de ver. Dejaba de existir. Mi apego a los escondites del salón, a los cajones, a los rincones, a los fondos de los armarios procede de esa extraña imposibilidad de desprenderme definitivamente de las cosas. Llenaba aquellos lugares secretos de dibujos, notas, muñecos de plástico, botones, pelotas de goma, calcetines desparejados. Cuando mi abuela descubrió una pelota de tenis roñosa en el compartimento interior de su maleta de piel, se enfadó tanto que me hizo prometer que dejaría de guardar trastos inútiles; eso solo lo hacían los niños enfermos. Después, angustiado por la posibilidad de ser un enfermo, dejé de hacerlo. Vivir, supongo, es lo contrario de recordar.

Hace cinco años que volví del Norte. «Volver», cantaba el tango de Gardel. Eso mismo hice yo.

Regresé a la universidad para dar las clases que había dejado interrumpidas durante doce meses, y llegué con el hondo temor de tener, como Ulises, que partir de nuevo, con el miedo de que me fuera imposible quedarme. Mis alumnos ya no eran mis alumnos. Yo, que tampoco era yo, observaba intranquilo las caras desconocidas de aquellos chicos y me sentía un extraño, como si después de haber estado en el Norte me faltaran las palabras y la autoridad para decir algo convincente. Para decirme algo convincente.

Tengo más de cuarenta años. He tenido tiempo para aprender algunas cosas importantes. Ya de niño las aprendí. Por eso dejé que los días del Norte quedaran atrás y volví a mi rutina de ciudad sureña, a la tranquilidad de las marismas que me han visto crecer. Volví a lo que quedaba de mi vida de siempre, a los cafés concurridos, a las reuniones de vecinos, al tenis de los fines de semana, a mi hijo de dos años, a mi amor por Rembrandt y a la mujer que me había dejado marchar.

No sé si recordarás aquel poema escrito en un idioma que no conocíamos. Llevaba el nombre de un mes. No sé de qué mes se trataba. Me dirás que tampoco es que los nombres importen demasiado, y eso es bien cierto. A menudo me viene a la memoria aquella frase con la que terminaba el poema: «Como si no tuvieran un círculo más los abedules blancos de la ribera». Recuerdo también unas manos frías. Las palabras entrecortadas y los intentos de traducción. Dos cafés sobre la mesa. Uno con leche, el otro descafeinado de máquina. Y fuera, al otro lado del fino cristal de la cafetería, caían las hojas que anunciaban un otoño frío, el que yo creí que sería el último otoño de mi vida.

No. No fue el último otoño de mi vida. Eso es poesía. Hace ya algún tiempo, justo cuando regresé, me pregunté si el crecimiento de los hombres se medía también de manera circular. Ahora tengo una respuesta para eso: creo que sí. Pero los círculos se ciernen sobre la existencia de uno sin la necesidad de que pase un año para que eso ocurra. Se trata de un crecimiento menos matemático, más aleatorio; los círculos se cierran, eso es todo. ¿Sabes?, aquí no hay abedules ni ese manto de nieve denso que me recuerda tanto a ti. Pero hay árboles y hay círculos y, si me permites, hay vida.

No he vuelto a leer ese poema. Hace unas semanas pensé en leérselo a mi hijo, que ya tiene siete años y hace verdaderos esfuerzos por avanzar con una versión infantil de *Moby Dick,* pero pensé que era una sensiblería de padre melancólico. Mi hijo es incapaz de leer más de cinco minutos seguidos. Es travieso, vivo, sonriente. Sé que estas últimas semanas está preocupado. Su madre, que se casó con otro hombre, está a punto de tener un bebé. Antes me ha preguntado si yo también jugaría con el niño que su madre llevaba en el vientre y yo le he dicho que sí, que si quería, lo haría. Y hemos intentado terminar el puzle de mil piezas que le compré por Navidades. Quedan pocas por colocar, pero me da la sensación de que ninguno de los dos quiere acabarlo.

Cuando mi mujer se fue pensé en escribir acerca de todo aquello. Del Norte, de los árboles, de ti, de la niña rubia a la que vi en una foto tiempo después. Las palabras «todo aquello» son una buena manera de no decir más que eso: todo aquello. Pero nunca encontré el tiempo. Daba clases, iba al gimnasio, cuidaba de mi hijo los fines de semana. Salí con mujeres, fui al cine y dejé que los días se convirtieran en un número. La inercia, eso era. Sonreía sin saber muy bien por qué lo estaba haciendo. Paseaba, a veces sin rumbo. Escribí mucho. Pero nunca lo hice acerca de todo aquello. Me dije que no tenía tiempo. Mi abuela, que aseguraba que uno encontraba siempre el tiempo para hacer las cosas que quería, se habría equivocado conmigo.

En mis clases cito siempre a Jorge Semprún. Él, que estuvo en Buchenwald de los veinte a los veintidós años, lidió con un mismo problema a lo largo de su vida: el problema de las palabras y las cosas. Su pregunta, que escondía un ruego agónico, tremendo, tenía que ver con qué hacía uno con el horror. ¿Qué podía hacer él con el olor de la carne quemada? ¿Cómo podía describirlo? Cualquier comparación era desafortunada, vulgar, una mera obscenidad.

Cito a Semprún para justificar los silencios de la vida. Para justificarme, tal vez, frente a un auditorio desconocido.

Un día, tiempo después de que regresara del Norte, un colega de la universidad me preguntó por ti. No supe qué decir.

Porque tú eras como una cruz escrita en un mapa antiguo. Un mapa que había quedado olvidado en la guantera de un coche durante largo tiempo. La cruz no indicaba ya ningún lugar porque probablemente hubiera desaparecido con los años.

Después del Norte, intentar volver a mi vida fue un absurdo. Quedaban palabras truncadas, versos vacíos. La sorda inutilidad de la escritura cuando no puede decir. Se trataba de ese eterno dilema entre esas dos partes: la escritura y la vida, y yo me quedé con la segunda. No pude encarar los espacios en blanco. ¿Cómo decir que nunca he vuelto a pisar ese país, esa ciudad, esas calles? ¿Qué tenía que hacer con esa mirada vacía? ¿Y con esa niña que tendría siempre un padre que no era el suyo? ¿Y con las manos frías?

No. No pude escribir sobre todo aquello.

Mi abuela murió de alzhéimer. Pasó sus últimos años encerrada en un asilo rodeada de tacatacas, gritos, pañales, bandejas metálicas y polvo de talco. El día que la internamos me miró y me dijo con una lucidez agónica que era triste saber que de ahí la íbamos a sacar en una caja de madera. «Los viejos estamos constantemente despidiéndonos, hijo.»

Recordó mi nombre durante mucho tiempo. De repente, un día dejó de hacerlo y me llamó por el nombre de mi padre, pero yo fingí no darme cuenta. Yo ya sabía que ella estaba lejos de ahí. Me sonreía y entonces la cogía de la mano y le contaba cosas. En el crepúsculo de la vida, la memoria se hace más tensa, pero también está más sujeta a las deformaciones. Su vida se convirtió en una deformación aberrante. Solía hablarme del pasado hasta que dejó de hablar; fue entonces cuando solo pude cogerla de la mano. Recuerdo sus últimos días. La sacaron de ahí en una caja de madera y ni siquiera me quedé con su álbum de fotos.

Ella me enseñó a no guardar trastos inútiles, pero no me dijo qué había que hacer con las decisiones torcidas del corazón. Con los sentimientos equivocados. Me contó de niño que escoger un camino significaba dejar de tomar todos los demás. Yo la creí.

Cuando tenía una vida hecha de decisiones y de responsabilidad, cuando había construido un discurso con el que sustentar mi existencia y la de aquellos que me rodeaban, sin quererlo, me convertí en un arquitecto mediocre.

Durante un tiempo viví una versión cinematográfica de la vida: una buena carrera, un prestigio que tal vez llegara demasiado pronto, una mujer bonita e inteligente, un hijo maravilloso. Tics verdes en las casillas de la vida perfecta. Lo tenía, me decía a mí mismo: lo tenía. Me felicitaban. Me aplaudían en las conferencias. Palmadas en la espalda.

Yo también me aplaudí durante mucho tiempo.

Un día, después de clase, salí a dar un paseo con una mujer que no era la mía. Tuve frío aunque no sé si hacía frío. La besé. Como se besa lo ajeno, como si entrara de puntillas en una habitación a oscuras.

Nadie aplaudía ya. Cuántas cosas se me habían escapado de mi guion original. Cuando cesaron los aplausos era demasiado tarde. Bajé del estrado de esa perpetua conferencia en la que se había convertido mi vida y me enfrenté a un auditorio mudo. Una mujer y un niño me miraban sorprendidos. Después de tanto cine, había llegado por fin la vida.

No me defendí muy bien en ese nuevo escenario. Cuando no hubo moldes ni convenciones, me enamoré de una mujer casada que vivía en una lejana ciudad, en el Norte. Tuve una hija con ella a la que no conozco ni conoceré. Solo vi una foto de la niña. Era menuda, de piel rosada como la madre. Aquella expresión y sus ojos claros me hicieron pensar en mi abuela.

Me gustaría volver atrás para ser niño y poder sentarme con ella en aquel viejo sofá de terciopelo verde. Le volvería a preguntar por las cosas que no sirven. Le preguntaría por la niña de la foto.

«No, abuela, no he tirado la fotografía, la he guardado en un cajón, bajo un montón de papeles inútiles.»

«¿Sirven de algo los hijos a los que no conocemos?»

Nunca miro la fotografía. Me basta con saber que está ahí, que existe, aunque sea a miles de kilómetros de distancia, esa niña que no sabrá nada de todo esto. Pensé en escribirle. Nunca lo haré, ahora lo sé.

En la carta con la fotografía de la niña rubia, la madre me daba las gracias por todo. Me decía que me deseaba lo mejor. *Cuídate,* se despedía. Quise responderle una línea para recordarle ese poema que una vez desciframos juntos en una ciudad del Norte.

«Cada uno de nosotros guarda algo desconocido de las vidas ajenas.»

Mayo. Ese era el título del poema.

El camino opuesto

En 1991 tenía siete años y era —como suele decirse, aunque nadie sepa qué significa— un niño completamente normal. Iba al colegio, jugaba al fútbol, me gustaban los cómics y llevaba gafas de montura de carey. En eso sí que era el único de mi clase. Desayunaba rápido, en cinco minutos, mientras mi padre veía la BBC y mis hermanas lloraban porque no querían terminarse el desayuno o porque la leche no estaba caliente. No nos llevábamos bien.

La mediana siempre ha sido una mocosa estirada y la pequeña, una consentida sabelotodo. En algunas ocasiones me ponían tan nervioso que no podía evitarlo y les pegaba. A causa de esta «violencia gratuita» —una expresión que a mi madre le encantaba repetir— estuve yendo muchos años a un psicólogo, un tipo que tenía colgada en su despacho la fotografía de un hombre mayor con gafas y pinta extraña: Freud. Se llamaba Sigmund Freud, pero yo siempre creí que, en realidad, aquel hombre de barba blanca era el abuelo del psicólogo.

Mi madre nunca obtuvo una explicación acerca de mi violencia gratuita. No había traumas de infancia reprimidos ni complejos de Edipo. Se quedó sin su ración de hijo problemático debido a una inteligencia superior o a cualquier tragedia de incalculables dimensiones.

Con el paso del tiempo dejé la violencia gratuita. Pero todavía ahora, cuando me pongo nervioso —muy nervioso—, necesito desahogarme. Prueba de eso es que el interruptor de mi habitación está roto y el pomo de la puerta también.

Estas cosas ya no me ocurren con frecuencia.

En el año 1991 se hablaba de la guerra del Golfo, aunque yo nunca supe dónde estaba «el Golfo». En ese mismo año murió Rajiv Gandhi en un atentado; habían escondido una bomba en un ramo de flores. Recuerdo a mi madre llorando frente al televisor porque Sonia Gandhi le daba mucha pena.

Ese 1991 vi mi primera película para mayores; se titulaba *El príncipe de las mareas.* La vimos en el cine mi padre y yo un jueves que mi madre había llevado a mis hermanas a clase de baile. Me vino a buscar al colegio, me llevó a merendar y le estuve contando que me habían castigado por empujar a una niña de dos cursos menos. Me defendí diciendo que estaba esperando para beber agua en la fuente que había en el patio y que ella se había intentado colar. Pero me castigaron sin recreo el resto de la semana. Mi padre no dijo nada y siguió observando cómo hundía las galletas en el tazón de leche. Supongo que debió de pensar que la niña se tenía merecido el empujón.

No sé por qué recuerdo esa tarde, las galletas o los rombos granates de la corbata de mi padre. La memoria es así de misteriosa.

Cuando terminé la merienda, fuimos al cine y, antes de entrar, mi padre me dijo que no había películas de dibujos animados y que veríamos una de mayores.

Me sentí importante. Tanto como aquella vez en que me dejó beber un sorbo de su copa de champán para celebrar el santo de la abuela.

Llegamos un poco tarde a la sesión de las siete. Sonaba la melodía de Movierecord cuando el acomodador nos acompañó hasta nuestros sitios. Desde el momento en que nos sentamos, en la oscuridad de la sala de cine, busqué la mirada cómplice de mi padre.

En alguna escena picante —así las llamaba él— me tapó los ojos diciéndome que eso no era para mi edad; en esos momentos tuve ganas de pegar una patada al asiento delantero. Yo ya era mayor: tenía siete años y sabía cómo se hacían los niños.

Mi padre se emocionó mucho al final de la película, en una escena en la que Nick Nolte cruza el puente que le lleva a su casa y murmura no sé qué historias. Miraba la pantalla rígido y casi sin pestañear.

Me enamoré de Barbra Streisand y odié a ese violinista pretencioso que era su marido. Tuve ganas de pegarle una paliza y de romperle el violín en la cabeza, y así se lo dije a mi padre cuando terminó la película. Pensaba que se reiría de mi comentario, pero, lejos de eso, me respondió que uno nunca puede juzgar a los demás a la ligera. Dijo algo sobre el peso que cada uno lleva a sus espaldas, pero no le di importancia; debía de ser otro de sus comentarios crípticos, como los llamaba siempre mi madre.

Aprendí pronto que «críptico» no significaba nada bueno.

Al salir del cine anduvimos hacia casa en silencio. Supongo que algo de esa película le afectó, y con los años, una y otra vez volví a esa tarde intentando pensar si hice algo para que se enfadara conmigo.

Cuando llegamos a casa se encerró en su despacho y puso un casete de Nana Mouskouri y empezó a sonar *Toi qui t'en vas*. Yo me sabía la letra. «*Toi, toi qui t'en vas au pays où l'amour existe.*»

Mi padre me escribía las letras de las canciones de Nana Mouskouri en un cuaderno y yo me las aprendía.

Me cantaba canciones antes de irme a dormir. A mi madre aquello de las nanas nunca le gustó demasiado. Sin embargo, él se sentaba a mi lado y me enseñaba canciones que a su vez él había aprendido de niño. No tenía buena voz y solía hacer bromas acerca de ello, pero a la hora de acostarme perdía su vergüenza de hombre serio de traje gris y me cantaba. A menudo eran letras tradicionales, a veces, versiones adulteradas de Nana Mouskouri o de Jacques Brel. Esas escenas se convirtieron en una costumbre tan arraigada en mí que llegó un momento en que no podía prescindir de ellas a la hora de dormir.

Con el tiempo se cansó de hacer tantos esfuerzos, porque mis hermanas querían que al salir de mi habitación fuera a la suya a ofrecerles su parte del repertorio. Así que un día tuvo una idea más práctica: instaló una especie de receptor encima de mi cama, algo parecido a un hilo musical, que se manejaba desde el salón. De esta manera, todas las noches antes de acostarme me ponía a Nana Mouskouri. Regulaba el volumen desde el salón, por lo que muchas veces, ya en la cama, tenía que pedirle a gritos que lo subiera porque siempre estaba demasiado bajo.

También ponía a Georges Moustaki. A Charles Aznavour.

Nunca llegué a entender su extraña obsesión por los cantantes griegos y la música francesa. Sobre todo teniendo en cuenta que mi madre detestaba ese tipo de canciones y cualquier cosa que procediera de Francia. Incluso el queso.

A finales de 1991, el receptor de música seguía ahí, pero empecé a ser yo quien se levantaba para subir el volumen. Mi padre se había ido.

El año siguiente, mi madre me regaló un radiocasete por mi cumpleaños y me llevé todas las cintasde mi padre a mi habitación porque ella había amenazado con tirarlas a la basura.

Con el tiempo me aficioné a la música inglesa y relegué los casetes a una caja que sigo guardando en mi armario.

Hasta llegar a la adolescencia, seguí durmiéndome mientras escuchaba música. Supongo que era una manera de recordar a mi padre. Pero el receptor se fue cubriendo de polvo. Cuando mi primera novia me dejó le pegué un manotazo. Necesitaba romper algo.

Ahora tengo una marca en la pared. Tengo también unos altavoces a los que conecto el iPod, aunque hace años que soy incapaz de dormir con música. Prefiero el silencio.

No sé en qué momento dejé de necesitarlos, a la música y a mi padre; acabó ocurriendo y ni siquiera recuerdo cuándo.

Alguna vez mis hermanas me han preguntado por la música que escuchaba papá, pero nunca les he dado los casetes que guardo en la caja.

El miércoles pasado, haciendo zapping, me topé con *El príncipe de las mareas*. Al principio no reconocí ni recordé la película, pero en cuanto apareció Barbra Streisand volvió a mi memoria aquella tarde de cine con mi padre. Esta vez no hubo escenas censuradas ni diálogos difíciles de seguir. De hecho, muchas cosas cobraron significado. La película es una historia de amor entre una psiquiatra y un hombre casado que acude a su consulta para solucionar algunos temas del pasado. Es obvio que se enamoran y todo lo que sigue después.

Vi de nuevo a Nick Nolte sentado en un estadio de fútbol con la mirada perdida diciendo aquello de «ojalá repartieran dos vidas a cada hombre y a cada mujer». Entonces mira hacia el norte y piensa en la psiquiatra. Coge el coche y, mientras cruza el puente que le lleva a casa, repite su nombre como un ritual de añoranza. Dice que lo hace como una plegaria, pero vuelve a su hogar, con su mujer y sus tres hijas.

En 1991 mi padre miró hacia el norte y emprendió el camino opuesto al que llevaba a casa.

Pensé en eso: en la oportunidad de vivir dos vidas y, entonces, volvió Nana Mouskouri a mi cabeza con aquella vieja canción que tantas veces había escuchado: «Tú que te vas al país donde existe el amor».

La Siberia del amor

Cuando él se sentó, ella ya sabía que ocurría algo.

Llevaba tiempo pensando en preguntarle qué estaba pasando, pero evitar la obviedad había sido lo más fácil.

Ahora, sin embargo, ella observaba detenidamente su manera incómoda de hablar acerca de tonterías. Su mirada triste, la manía de actuar como si no ocurriera nada y estuvieran compartiendo una noche cualquiera.

—Quería hablar contigo —le dijo él.

—Estamos hablando.

—Creo que me he enamorado —dijo él.

Lo soltó así. Se hizo un silencio demasiado largo. Demasiado pesado. Estaba claro que aquello no era una declaración de amor hacia ella, con la que llevaba viviendo tres años y medio, sino que se trataba más bien de otro tipo de confesión, una que estaba poniendo fin a esos tres años y medio.

—¿Y qué quieres decirme con eso?

—Nada. Eso. Que me he enamorado de otra persona.

Otro silencio. Largo. Agónico.

—¿Quién es ella?

—Qué más da.

—Pero ¿quién es?

Hacía viento y él se levantó a cerrar la ventana.

—Creo que va a llover —dijo.

—¿Quién es? —le preguntó ella de nuevo—. Quiero saber quién es, dónde la conociste.

—Es Elena.

Hubo aún más silencio. Fuera, el ulular del viento arrastraba las hojas que encontraba a su paso.

—No es verdad.

Deseaba escuchar que al menos no era ella. Que no se trataba de su exnovia.

—Sí, lo es.

—¿Cómo fue?

—¿Qué importa?

—¡A mí sí que me importa! —le gritó.

Y ella nunca gritaba, pero pensaba que como mínimo tenía derecho a conocer los detalles.

—Llevas todos estos años enamorado de ella, ¿verdad? Porque fue ella la que te dejó, ¿no? Te has acostado con ella —le espetó–. ¿Cuántas veces? Dime, cuántas veces te has acostado con ella.

—No sigas por ahí. No voy a entrar ahí.

—¡Que me lo digas!

Y gritó más esa vez.

—Y dime, ¿te gustaba?, ¿qué se siente al follarte a tu exnovia y llegar luego a casa y dormir conmigo?

Los detalles, ahondar en ellos para calibrar el tamaño de la herida. No podía dejar de imaginarse las cosas. Tantas imágenes daban vueltas en su cabeza.

Se levantó y le dijo que al menos no le mintiera, que no le dijera que eso no había ocurrido.

Pero sí había pasado.

—No puedo continuar como si esto no fuera conmigo, contigo, con nosotros dos —dijo él.

—No hables de nosotros dos cuando te estás follando a Elena.

—No hables así, no digas eso.

—Te molesta que diga follar, prefieres que diga hacer el amor, ¿es eso? Perdona entonces. Hablemos en términos de amor, puedes empezar tú.

Sarcasmo, ganas de herir, de irse muy lejos de ahí, de estar en cualquier parte, retroceder en el tiempo. Sintió la urgencia de huir, de desaparecer con el viento que seguía rompiendo los silencios de aquella conversación.

Pero se quedó ahí de pie, frente a él, que la miraba desde el sofá sin saber qué decir o qué hacer.

—Lo siento, lo siento mucho. No sé cómo pasó ni qué me ocurrió.

—¿Cuánto hace que os veis?

—Dos meses.

Ella cerró los ojos y le dijo que se marchara, que no quería seguir manteniendo esa conversación.

El pasado. Era el pasado, que llamaba a la puerta.

Le volvería a decir «te quiero» a la otra. Ahora ella sería la otra.

«Me da miedo tu pasado», le había dicho muchas veces ella.

Sabía que Elena estaba en su cabeza. Siempre había estado ahí. Había tantos años, tantos recuerdos. Tantas fotografías que hubiera quemado, como si al hacerlo acabara con las imágenes de todo aquel tiempo. Siempre le habían asustado esos años que había pasado sin ella, le asustaba la intensidad de lo que desconocía.

—¿Cuándo empezaste a mentirme? Ahora ya no sé... —dijo. Pero no acabó la frase. Solo le pidió que se fuera.

—Creo que deberíamos seguir hablando.

—Ya hemos hablado, ahora vete. No quiero verte.

Él lo hizo. Pero antes de cerrar la puerta le volvió a decir que lo sentía. Se fue.

No dejó nada detrás de sí. Ninguna huella, solo su olor, una mezcla de colonia y tabaco.

Empezó a soplar más viento entonces.

Se había ido hacía tiempo. No quedaban ya más palabras, solo silencio y el eclipse de la realidad compartida.

Se sentó en el sofá. Derrotada. Cogió su cuaderno de notas y empezó a pasar páginas hasta dar con la última cita que había escrito; era de Michelangelo Antonioni. Le pareció entonces una premonición: «Se ha ido el sol. De repente, hielo. Un silencio diferente de los demás silencios. Y una luz distinta de todas las demás luces. Y después, la oscuridad. Sol negro de nuestra cultura. Inmovilidad total. Todo lo que consigo llegar a pensar es que durante el eclipse probablemente se detengan también los sentimientos».

Él estaba lejos y, sin embargo, presente en todos los lugares que podía nombrar.

Estaba en el mar, en los ríos, en las copas de los árboles vacías de vida que había traído el invierno. Estaba en sus manos, que tanto se habían agarrado a él.

No había nada más que decir. Aquello era la Siberia del amor. Nunca había estado en Siberia pero debía ser así: el desierto, la nada.

El origen de las certezas

Yo comprendo que solo fuiste un sueño. Y como dice
Delmore Schwartz en una canción de Lou Reed,
en nuestros sueños comienzan nuestras responsabilidades.

BENJAMÍN PRADO,
«4 de octubre en el Landmark Hotel»

—Papá, baja a la niña. Anda, bájala, que ya pesa.

Mi hija pequeña está sentada sobre las rodillas de mi padre. Le está haciendo un dibujo en una servilleta de papel.

—Es un regalo para el abuelo —dice.

—Hija, podrías haber cogido una hoja de la libreta —no me hace caso y sigue dibujando. Destroza la servilleta de colores con el boli Bic.

—No me sale el árbol, papá. Se ha quedado chafado.

Sonrío. Se parece a mí también en eso. Yo tampoco sabía dibujar. Mi mujer saca de la caja la tarta de cumpleaños. Espero que se haya ocupado de las velas. Sí, ella siempre se ocupa.

Mi padre detesta los cumpleaños. Detesta que le cantemos el «Cumpleaños feliz».

—Anda, papá. Haz el favor. Bájala.

Pero parece que ninguno de los dos me escucha.

Observo a mi padre. Cuántos años, me digo. Y pienso en mi hija, que ahora tiene la misma edad que yo cuando mi padre volvió a Menorca.

Por aquel entonces yo no era más que un niño pelirrojo que estaba esperando a un padre que llegaba un año y medio tarde. Hay padres que llegan tarde. Otros que no llegan nunca. El mío llegó con un poco de retraso. Cuando mis padres se separaron, él se marchó una temporada a Santiago de Chile. Nunca llegué a saber qué hizo allí exactamente.

Y sin embargo, lo esperé. Con una fe terca e insistente, esa fe que solo tuve en la infancia, que fue la misma que me llevó a creer que aquel barco que estaba atracando en el puerto de Mahón, en Menorca, llegaba directamente de Santiago de Chile. En mi cabeza de niño, mi padre llevaba mucho tiempo viajando en ese navío inmenso para venir a verme. Pero el ferry a Menorca salía de Barcelona; aquella fue la primera desilusión.

Yo había pasado muchas noches mirando fijamente el techo desde mi cama, preguntándome en qué mar se habría extraviado aquel barco que llegaba tarde. Meses buscando entre las manchas de humedad de las paredes algún mensaje en clave.

Meses tratando de encontrarlo entre los padres a la salida del colegio.

Un día volvió, aunque no del todo.

Mi madre me agarraba de la mano mientras observábamos cómo bajaba las escaleras del barco. Seguía siendo él, me pareció que no había cambiado. No se había afeitado el bigote. Su pelo negro no era gris. Llevaba una maleta pequeña y un sombrero de fieltro que creo que había heredado del abuelo.

Cuando lo tuve delante no supe qué hacer.

Tal vez me abrazara. No lo recuerdo. Sin embargo, sí que recuerdo que al llegar a casa me dio los regalos con los que tanto tiempo había estado fantaseando. Regalos que venían de muy lejos.

Me había traído una muñeca de trapo. Me sentí tan estafado que me fui a llorar de rabia a la habitación. Yo era un chico. ¿Acaso lo había olvidado?

Los chicos jugábamos a la pelota. Yo quería ser futbolista. O bombero, aún no lo sabía. Pero desde luego no jugaba con muñecas.

—Eso es para niñas —le dije a mi madre entre sollozos. Y le di la muñeca a mi prima.

Fui un huérfano peculiar. Tuve una madre a tiempo completo y dos padres que ejercieron en horas sueltas. El marido de mi madre, un ingeniero perfeccionista y cuadriculado, y el mío, filósofo y académico, constantemente a la deriva de sus devaneos mentales, enfrascado en teorías filosóficas infinitas con las que no sé si resolvería la vida de alguien, pero desde luego no la mía. Tenía dos mitades de padre que nunca me sirvieron del todo. Yo quería un padre de los que salían en las películas: con traje y corbata, con partidos de tenis los fines de semana y con un coche descapotable con el que me viniera a buscar a la salida del colegio.

En ocasiones vuelvo a ver al niño que espera al padre perdido. Me observo a mí mismo. Enclenque, pelo anaranjado, la ilusión en la mirada. Es papá: ha vuelto. El padre extraviado que ha cruzado el Atlántico para ver al hijo. Es una imagen que me asalta a menudo.

Crecí. Me hice mayor y fui poniendo nombre a esas certezas a las que me había ido agarrando desde niño: amor, familia, paternidad.

Soy padre.

Eso es de lo único de lo que estoy seguro. Tengo dos niñas a las que levanto y llevo al colegio por la mañana. Eso me hace muy feliz. Y sí, papá, si alguna vez me lo preguntas, me hubiera gustado coger el mismo barco que tú. Nadie está preparado para las decepciones, supongo. Creí que si tomaba el camino contrario al tuyo, esas decepciones no iban a llegar. Pero llegaron.

Hace diez años me volví loco. Fue algo progresivo. No me di cuenta de que había perdido la cabeza hasta que nació mi hija pequeña. «Una huida hacia delante», me dijeron. Yo me lo creí: el consuelo de las palabras ajenas. Cuánta falsedad. La verdad es que no solo hui hacia delante, sino que seguí cualquier dirección que me ofreciera un camino distinto al que había tomado. Y durante un tiempo fue lo que hice: conducir por carreteras secundarias, perderme por pueblos en los que nadie me pudiera recriminar, como yo hacía conmigo mismo, que se me estaba yendo la vida de la misma manera en que años atrás se me iban los días esperando a un padre ausente.

Me senté delante de muchos médicos. Psiquiatras. Me daba miedo volverme loco, pero estaba bloqueado. No podía reaccionar.

Una vez, cogí el coche y conduje hasta un lugar que no era ningún lugar para mí. Me senté en un bar. En la barra. De fondo, la previsión meteorológica, y en mi cabeza, ese mismo nombre que daba vueltas. Mientras bebía una cerveza me preguntaba qué estaría haciendo ella, si al final se habría marchado, si estaría bien. Si pensaba, aunque fuera solo de vez en cuando, en mí.

Cuando la conocí empecé a poner nombre a mis días. Era menuda, sonriente. No la vi muchas veces. Querer no ser mi padre me ha perseguido durante todo este tiempo.

Años después me la encontré por la calle y seguía siendo menuda. Sonriente. Ella también tenía una niña. Pensé que hubiera querido que aquella niña, la suya, se pareciera a mí.

Mis hijas empiezan ya a cantar. Mi padre gruñe un poco. Solo un poco. Mi mujer sonríe. Saco la cámara. Me encargo de eso: de retratar todos los años la misma escena.

Hoy mi padre sopla las velas de su setenta cumpleaños.

Esos dos números de cera: un siete y un cero. Lo observo todo como si estuviera en los márgenes de una fotografía.

Cuántos años no queriendo ser tú y cuánto, sin embargo, me parezco a ti.

Me pregunto qué deseo pedirás antes de apagarlas.

—Pide un deseo, abuelo. Piensa un deseo, lo que tú quieras —dice mi hija mayor.

No sé qué pediría yo. O sí. Pero veo a mi hija pequeña sentada en tus rodillas mientras finges meditar. Miro a mi mujer. Qué pedirás, papá, qué pedirás. Suspiro y pido algo para mí. Pido que, al final, cualquier compromiso adquiera una dimensión de grandeza.

Feliz cumpleaños, papá.

El muro

Me daba pereza lavar los platos. Eso fue todo. Al fin y al cabo, uno no siempre empieza a pensar en cuestiones trascendentes después de que haya ocurrido algo importante. No. Solo fue eso. Venía de un fin de semana de mierda y, ese lunes en la oficina, mi jefe había destrozado mi trabajo de días enteros con un solo mail.

Aunque me esperaban un montón de platos sucios en la cocina, estaba en el sofá escuchando música. Pensando, no fue más que eso. Pensaba, entre otras cosas, que tenía que lavar los platos.

Pensaba en ella. En todas las mujeres. Sobre todo en esa clase de mujeres por las que uno mataría aun a sabiendas de que siempre van a ser de otro.

Porque en la vida las cosas no suceden como en las películas. Chicas guapas que acaban con el amigo de siempre, con el bueno; que dejan al guitarrista que les susurra canciones de amor baratas porque aprecian la buena compañía. Vamos, lo que algunos seguimos llamando el amor de verdad.

Las chicas guapas e inteligentes siempre están con guitarristas melenudos que nunca las comprenderán más de lo que yo pueda entender a mi jefe.

Pensaba en los platos sucios y pensaba en ella. En cómo me había fascinado el día en que la conocí. Sí, sí, lo tenía todo, todos sus datos: su dirección de email, su teléfono y unas ganas locas por estrellarme otra vez contra ese muro de no-es-para-ti-pero-gracias-por-intentarlo.

A lo largo de los años, me he dado cuenta de que muchas veces cogemos carrerilla y deliberadamente nos estrellamos contra un muro. Hacerse una herida es otra manera de constatar que al menos seguimos vivos; la sangre nos recuerda que somos humanos.

Perseguir lo imposible; eso es lo que me gusta a mí. Parezco Calígula ahora mismo, pidiendo la luna, deseando convertir el revés en derecho. Pero no se trata de eso. Es solo que a veces me pregunto de qué sirve correr cuando estamos en la carrera equivocada.

Avanzo, avanzo, avanzo. Cuando llego al final me doy cuenta de que mi nombre no estaba apuntado en la lista de los corredores. Así que me acerco a la meta que está destinada a otro. Siempre. Y ahí, desde esa meta que nunca alcanzo, me digo que nunca más. En mi cabeza aparece una imagen, la de un sólido muro contra el que me estrello. Alguien me dijo que lo que más nos alejaba de una mujer atractiva era precisamente nuestro propio escepticismo ante la idea de poder conquistarla.

Pierdo porque no juego con las mismas cartas. No me pongo la máscara de hombre sincero que tanto vende, lo soy. Y creo que eso, aunque parezca lo contrario, a juzgar por los resultados, sigue siendo una virtud. No prometo cenas a la luz de las velas en un ático de Manhattan, tampoco escapadas románticas a la Costa Azul. Solo digo que busco a una mujer que me haga real y con la que pueda llegar a ser mejor de lo que soy.

Me enamoro de arquetipos, de mujeres que me inspiran y que sospecho, aunque no podría asegurarlo, no me llegan ni a la suela del zapato.

La vi recitando poesía en un bar de Barcelona y su voz, sus gestos, la manera de entornar los ojos: todo eso era real, lo más real que me ha ocurrido en mucho tiempo.

No quiero imaginarme el muro de fondo, quiero pensar que esta vez no habrá carreteras equivocadas ni sobresaltos de última hora.

Para mi consuelo y el de muchos otros, existen algunas cosas en el mundo que siempre funcionan igual. Cosas que no dan sorpresas. Como cuando por la mañana me dirijo a mi coche con las prisas y el agobio de no llegar al trabajo. Pues sí, introduzco la llave y espero a escuchar el ruido del motor y confío en que el coche arrancará. No suelo pasarme la noche intranquilo por si, justo cuando lo necesite, el coche va a fallarme. No pongo velas para que el motor arranque, simplemente confío en que lo haga. Tampoco rezo para que cuando encienda la vitrocerámica y ponga el agua a hervir, esta efectivamente lo haga. No me siento en el taburete de la cocina con ansiedad, esperando a ver la aparición de las burbujas que anuncian que el agua hierve. Tampoco me planteo, cuando me dispongo a abrir la puerta de casa, que la cerradura haya mutado en el tiempo que he estado fuera. Son cosas que doy por hechas. Creo que a esto se le llama confianza.

Debería ocurrir igual con todas las demás cosas de la vida. En mi mundo ideal, las personas serían como las cerraduras, siempre responderían a la misma llave.

Pero las cerraduras pueden cambiar cuando uno menos se lo espera. Y ahí está el muro. Lo veo. Me estrello.

Y sí, creo que voy a lavar los platos.

La tostadora

No era exactamente un ruido. O sí. Era el ruido de alguien que no quería hacer ruido. Como cuando de pequeña papá llegaba a casa e intentaba cerrar la puerta con cuidado. Yo sabía que no venía de ninguna reunión de trabajo. Pero en casa preguntar siempre se consideró de mal gusto. Tampoco preguntaba nada cuando mamá llamaba a escondidas a aquel amigo suyo y decía cosas extrañas en la cocina.

Hay muchos tipos de ruidos. Está el ruido de la calle. El de los pájaros al amanecer. El de las cosas que de repente llegan y el de aquellas que se marchan.

Y está el ruido de la tostadora que mamá lanzó contra la estantería cuando encontró en el bolsillo de la americana de papá una cajita con un anillo que no le iba a regalar a ella.

También había habido otras cosas antes, como la caja de preservativos escondida en la rueda de recambio del coche y que mamá encontró por casualidad cuando tuvo un pinchazo. Mamá dio con aquel anillo de zafiro —¡encima eso, con un zafiro, y después nunca tienes dinero!— le había llamado adolescente y le había señalado la puerta de casa. No dijo nada más. Papá, que sabía que apenas quedaba nada por decir, cogió su americana arrugada, no sé si aún con la cajita en el bolsillo, y salió para no volver a entrar como padre ni como marido sino como extraño.

Entonces mamá cogió la tostadora que estaba sobre la encimera de la cocina, salió al salón y la estampó contra la estantería encima del sofá. Fue un ruido extraño. Una tostadora no suele ser el primer objeto que alguien piensa en lanzar. Un jarrón o un plato quizás. Pero lo de la tostadora fue sorprendente. La lanzó contra la estantería e hizo añicos una de esas figuras de Lladró que le había regalado la abuela. Era un dálmata. Estalló en pedazos. Sin embargo, la tostadora salió indemne.

Yo no vi cómo se rompía la figura del dálmata. Solo vi los pedazos. Siempre ocurre lo mismo: no vemos romperse las cosas, las vemos rotas. Tal vez si supiéramos que están a punto de romperse podríamos hacer algo para evitarlo. O por lo menos podríamos despedirnos de ellas.

«Adiós, papá, cuando vuelvas ya no estará la figurita de Lladró.» Ni tu hija, ni tu mujer.

Recuerdo que al día siguiente me levanté y que mientras desayunaba frente al televisor mi madre recogía los pedazos de ese dálmata que le gustaba tanto. Al romperlo había salido perdiendo. Ni mi padre volvió ni ella pudo recomponerlo.

En realidad no tenía derecho a lanzar la tostadora. Al fin y al cabo, mi madre también tenía un amigo. En estas cosas siempre suele perder el hombre. Mi madre se encargó de hacer ruido con la tostadora, pero no lo hizo ninguna de las veces que su amigo ocupaba el lado de la cama de papá.

Los peores ruidos son los que no se oyen, los que hacen que las cosas desaparezcan sin que sepamos muy bien por qué.

Desconozco por qué me sigo acordando de esa figurita, de papá, del anillo con el zafiro. De las conversaciones de mamá con su amigo en la cocina. En realidad, el problema no son ellos. El problema es lo que provoca que las tostadoras vuelen, que las figuritas de Lladró estallen y que dejen de ser bellos dálmatas para convertirse en un montón de escombros.

Agudo como el mundo

Ten cuidado, es agudo como el mundo.
ANNE CARSON,
Hombres en sus horas libres

La noche del día en que la conoció no pudo dormir. A ella le pasó lo mismo, pero no se lo dijo a nadie. A veces, no decir las cosas es otra manera de constatarlas.

También somos lo que callamos.

Lo cierto era que no pudo dormir porque pensaba en ella, en la delicadeza con la que se apartaba de los ojos el flequillo recién cortado. O en su forma atropellada de hablar, con ese miedo a los silencios incómodos que la obligaban a decir lo primero que se le pasaba por la cabeza.

¿Cuál es tu libro favorito? ¿Te gusta la pasta al dente? ¿Rezabas de pequeño? ¿Con cuántas chicas te has acostado?

Nunca fue amiga de los espacios que dejaban las palabras, de los huecos que no sabía cómo rellenar. Tenía esa manía desde pequeña, ya en las ilustraciones de los cuadernos de vacaciones era incapaz de dejar un espacio sin colorear. Le horrorizaba el blanco, el vacío.

Él era, y lo sería toda su vida, un fanfarrón de discoteca. Un bravucón de medio pelo, con una melena cuidada que le tapaba la mitad de esa expresión tan poco clara, tan a medio camino entre la sensibilidad y el cinismo.

Era cínico porque era consciente de que sabía mentir, y lo hacía tan bien que incluso cuando mentía decía la verdad.

Se miraba mucho al espejo. Demasiado. Pero de tanto observarse no veía las arrugas que habían entristecido su mirada de depredador. Era ciego para las cosas que estaban cerca. Tal vez se debía al pelo largo que le tapaba ese ojo fatigado de tanto mirar y no encontrar.

Bebía para hacer interesantes a los demás. Se aferraba a las conversaciones insustanciales, y miraba a las mujeres como se mira, resignado, a los animales del zoológico. Enjaulados. Pero ignoraba que lo que más duele de las jaulas es la voluntad de que la jaula se convierta en un hogar. Acostumbrarse a la dureza de los golpes contra los barrotes. *Ten cuidado, es agudo como el mundo.*

Ella fue llenando los silencios de su vida con información. Supo quiénes eran sus padres, se aprendió el nombre de todos sus primos y llegó a hacer el bizcocho de limón tal y como se lo hacía su madre. Le tostó el pan muchas mañanas y encontró los cereales de chocolate que él juraba que se habían dejado de fabricar.

Para ella la felicidad no era más que una palabra vacía. Hueca. Pero la llenó con él.

Cuando ella se quedó atrapada en la jaula, él ni siquiera se dio la vuelta para ayudarla a salir.

Nunca vio la jaula en la que él mismo la había encerrado. La dejó ahí. Y una noche, él se alejó.

Esa noche él tampoco pudo dormir porque pensaba en ella. Había bebido tanto vino que no recordaba su flequillo recién cortado, y conoció a una morena despampanante.

Y olvidó.

Ella, por su parte, quiso permanecer encerrada hasta que él volviera.

Él había dicho que no iba a regresar, pero ella estaba convencida de que volvería a por ella, que la morena despampanante nunca había existido.

Mientras, él seguía viviendo. Saliendo. Bebiendo. Conociendo a mujeres a las que susurraba meditadas palabras de amor.

Ten cuidado, es agudo como el mundo.

Por su parte, ella, con mucho esfuerzo y tiempo, salió de la jaula.

Él hizo otra cosa. Se quedó donde estaba, en un lugar que no era ningún lugar.

Y cuando se volvió a buscar su imagen en el espejo, ya era tarde. Porque se había hecho viejo, muy viejo. Y entonces murió.

Ten cuidado, es agudo como el mundo.

Polen

Lo llaman el botón de la esperanza. Es un aparato pequeño y redondo de color blanco. En el centro tiene un pulsador en forma de corazón y al apretarlo se comunica directamente con una unidad de emergencias. La llamada suelen atenderla chicos jóvenes que están acabando la carrera de Medicina, aunque también hay médicos de guardia.

Él se niega a llevar ese aparato colgado del cuello. «Se piensan que somos perros», le dijo a su hijo mayor.

Son las tres y veinte de la mañana. Su mujer duerme en la habitación y todo está en silencio. Solo se oye el tictac del reloj de pared del salón y el zumbido lejano de la nevera. Acaba de pasar un autobús por la calle, pero el sonido se ha perdido pronto.

Está en el suelo.

Al acostarse no se acordó de dejar el vaso de agua en la mesilla de noche, como hace siempre desde que tiene uso de razón, y hace unos minutos se ha levantado para ir a la cocina. Tenía sed.

No debería comer con tanta sal, eso le dice siempre el médico; sin embargo, a él le da igual.

Ha salido de la habitación y se ha tropezado con la alfombra. Un paso en falso. Se ha caído al suelo y se ha golpeado la rodilla. Tiene un rasguño que le sangra en el tobillo, y otro en la ceja: se ha querido sostener en la esquina de la mesa pero ha resbalado y se ha golpeado la frente con la lámpara de metal.

Ha sido una caída tonta, aunque no es capaz de levantarse: no tiene fuerzas. Ha tratado de impulsarse con los brazos y no ha podido, así que ha ido arrastrándose por el suelo hasta llegar a una pared en la que apoyar la espalda. *Si al menos pudiera ponerme un cojín en el culo,* se dice. Pero no puede y siente el frío de las baldosas a través del pijama de tela azul.

No quiere llamar a su mujer porque se pondrá nerviosa cuando lo vea ahí, sentado en el suelo con la pequeña brecha en la ceja. Sangra.

No tiene muchas plaquetas y a eso lo llaman plaquetopenia. Sabe que para él cualquier herida, por pequeña que sea, tarda más en cicatrizar.

Ha logrado estirar el brazo lo suficiente como para encender la lamparilla de una mesa baja. Sobre la otra mesa, la del comedor, se encuentra el botón de la esperanza. Está ridículamente cerca, aunque no llega hasta él.

Hace un último intento pero fracasa: no tiene suficiente fuerza en los brazos. Suspira. Evita pensar en antes. Porque desde hace unos años, antes es todo. La voz dentro de la cabeza. El pasado. Antes es lo contrario de la vejez.

Cuando su hijo le trajo el botón de la esperanza —él lo llamaba el botón del pánico—, le hizo prometer que lo iba a llevar.

Pero no lo haría. Antes muerto, se dijo. Sin embargo, pronto tuvo curiosidad por saber quién estaba al otro lado de ese aparato.

La primera vez que llamó al botón de la esperanza lo hizo para probar el servicio y lo atendió una chica joven que se llamaba Sara. Le dijo que únicamente lo estaba probando por si su mujer se quedaba sola algún día en casa y le ocurría algo. La chica no se quedó tranquila y al rato volvió a llamar:

—Soy Sara. ¿Seguro que está bien?

—Yo sí. ¿Y usted?

Al otro lado, la chica se rio.

—Sí, claro.

Su español, aunque casi perfecto, tenía un acento extraño.

—¿De dónde es, si se lo puedo preguntar?

—De Marrakech.

Le contó que hacía años había estado ahí con su nieta y que habían comido muchos tajines. Sara volvió a reírse y le dijo que a ella le gustaban mucho, que era uno de sus platos favoritos.

—Vimos encantadores de serpientes en el zoco. Incluso un faquir, qué cosas más raras hacen en su país.

Se hizo un silencio al otro lado de la línea.

—¿Le puedo hacer una pregunta? —dijo él.

—Sí, claro.

—¿Llama mucha gente a este teléfono?

—Muchos, sí.

—¿Por qué lo hacen? ¿Son viejos que de repente se caen en la bañera o se levantan sin poder mover un brazo?

—Bueno, no exactamente, no hace falta ser viejo. Llama todo tipo de gente.

—¿Qué es lo que quieren?

—Hablar, supongo.

—¿Hablar?

—Quizás se sientan solos.

—Menuda tontería —terminó él. Lo dijo casi indignado.

Al día siguiente, mientras veía el Español-Real Madrid en la televisión con su hijo, le repitió que no pensaba llevar en el cuello aquel maldito colgante, porque era para gente que se sentía sola.

—Papá, por favor. Hazlo por mí.

—No pienso ponérmelo.

Desde el suelo, clavándose el hueso del coxis, observa la pintura enmarcada que cuelga de la pared. Su primera nieta, la hija de su hijo mayor. Era un niño cuando la tuvo. En realidad, sigue siendo un niño. Fue padre a los veintitrés años, con esa amiguita suya que le duró dos telediarios. En su momento le dijo que era un irresponsable. Pero bendita irresponsabilidad, se dijo luego.

Su nieta es su cómplice de aventuras: su socia, como él la llama. La recuerda todos los días. Ahora tiene treinta y cinco y él, ochenta. Matilda vive lejos, en Londres. No es muy lejos, pero a él sí se lo parece. Lo llama una vez a la semana, los domingos, y él espera sus llamadas como agua de mayo. Añora su vocecita al otro lado de la línea. *¿Socio?*

Solo hace seis meses que se mudó ahí con su marido y él lo vive con angustia. Sin ella, el mundo se le hace más pequeño. La vejez es ver marchar a los demás. No lo piensa únicamente por los muertos, sino por la casa vacía de hijos y de nietos.

La ve aún subida en la bicicleta, con las ruedecitas. Trepando a los árboles. En el suelo, las rodillas raspadas, llorando como una magdalena. Llena de barro. Las peleas con las niñas del parque. Su Matilda. Pero su pequeña nieta ya es mayor. Ahora es ella la que lo recoge del suelo, la que podría, en estos precisos momentos, aparecer en este angosto salón para darle la mano y levantarlo del suelo. Porque es invierno y hace frío. Londres no está lejos, tienen razón. Pero no puede llamarla para decirle: *Socia, estoy en el suelo.*

Tampoco quiere llamar a su hijo, porque se preocuparía. Son las cuatro de la mañana y estará durmiendo.

Ni a Sara. Ya no. Dos semanas atrás había pulsado de nuevo el botón de la esperanza. Algo en la voz de Sara lo había tranquilizado y quería volver a escucharla. Quería preguntarle, quizás, de qué color tenía el pelo. ¿Sería pelirroja como Matilda? Quería hablarle de su nieta. Pero fue un hombre el que contestó la llamada. Preguntó por Sara, pero no estaba. Antes de colgar, el hombre lo reprendió: aquel no era un botón para jugar; era el botón de la esperanza. «Justamente por eso», le contestó.

Quería hablar de Marruecos con Sara. Contarle acerca del calor que hacía aquel día de agosto, de la mano pequeña y regordeta de su nieta. Habían estado en el desierto y ella había subido a un camello. «Me pican las piernas, abuelo. El camello pincha.»

Su mujer estaba perdiendo la memoria. Le habían dicho que no era alzhéimer pero olvidaba cosas, confundía nombres. Así que ya no podía hablarle de aventuras ni recordar las cosas que habían recordado mil veces juntos.

Piensa en despertarla ahora que cree que se ha secado un poco la herida de la ceja y ya no la asustará. El puño del pijama se ha quedado lleno de manchas rojas y se lo ha doblado hacia arriba para ocultarlas.

La llama. Primero con un tono de voz bajo; después, más alto. Nada, no hay manera. No insiste.

A nadie le enseñan a hacerse viejo. A volver a usar un pañal, a dejar de andar.

No, no quiere meterse ahí. Una de sus luchas diarias consiste en evitar verse desde fuera. No puede ni quiere compararse. A veces desearía haber perdido la cabeza, tener alzhéimer para no enterarse de lo que le está ocurriendo. Sin embargo, la cabeza es lo único que no le falla y, en algunos momentos, se siente encerrado en su cuerpo. Dicen que la edad está en el espíritu, aunque está claro que esas gilipolleces las dicen los que tienen cuarenta. Cincuenta, no más.

Piensa en el fútbol. Ha jugado al fútbol toda la vida. Ahora, toda la vida quiere decir que hace veinte años que no juega. De joven montó un equipo y jugaron juntos durante más de treinta años. Eran buenos. El fútbol es un lenguaje. Mucho más que veintidós tipos que corren detrás de una pelotita, como a su mujer le gusta decir siempre.

Él enseñó a jugar a sus hijos, a la socia. A sus demás nietos.

Qué ridículo que haya sido capitán de un equipo de fútbol durante tantos años y que ahora no sea capaz de levantarse del suelo.

Estoy jodido, socia, le diría ahora a Matilda.

La imagina durmiendo con su marido, ese hombre que tiene el pelo largo, como una chica. La siente lejos. No porque esté en Londres, sino porque sabe que, en estos últimos años, su nieta se ha alejado un poco de él. Fue a raíz de que se rompiera la cadera hace casi dos años. O no, tal vez antes, en Madrid.

Ella lo llevó a Madrid cuando cumplió los setenta y cinco. Fue su último viaje juntos.

Su nieta no podía creerse que hubiera viajado hasta Mongolia y que nunca se hubiera subido en un tren de alta velocidad, así que compró dos billetes. Tenía unas reuniones en Madrid aquella semana y se fueron un día antes para poder estar un día juntos.

En Madrid habían ido al Retiro. Era la Feria del Libro. A él le gustaba leer, a su nieta no. Pero ella lo había llevado para que viera a los autores firmando y también esas colas enormes de gente que se agolpaba frente a estands repletos de libros.

Estaban rodeados de césped, de polen y de parejas que se besaban tumbadas en la hierba. Tenía un poco de alergia al polen, pero se sintió muy feliz aquel día. Comieron en Casa Lucio porque él había ido mucho de joven y su nieta nunca había estado ahí.

Cuando regresaban hacia la estación hubo un atasco para llegar a Atocha y casi perdieron el tren. Al bajar del taxi, su nieta iba andando rápido, casi corriendo, delante de él. Trató de seguirla pero no pudo. Ella avanzó unos pasos más, se detuvo y se quedó observándolo. Recuerda esa mirada, los ojos muy abiertos y asustados de ella esperándolo.

Habría jurado que había angustia en la mirada de su nieta. Tristeza. Su abuelo ya no podía correr.

«¿Qué esperas, que los viejecitos corramos a la velocidad del rayo?», trató de bromear.

Matilda sonrió.

Lo acompañó hasta el control de maletas y pidió permiso para acercarlo hasta el andén, pero se lo denegaron y tuvieron que despedirse en la entrada del control de equipajes.

«Lo he pasado muy bien, socia. Pero todos los trenes son iguales. En realidad este es peor, porque los paisajes pasan a tanta velocidad que ni siquiera los puedes ver». Desde el suelo del salón piensa en el polen. En lo que daría por que le picaran los ojos de nuevo y fuera primavera, por estar en el Retiro y ver a aquel autor inglés que le encanta, Ken Follett, firmando un libro. Y que Matilda lo llevara del brazo. Ella a él. Como si la vida le hubiera gastado una broma y se hubieran invertido los papeles, que es lo que en realidad ha ocurrido.

Volvió a llamar a Sara una última vez, la semana anterior. Le atendió una chica, pero su voz ronca y entrecortada le hizo darse cuenta pronto de que no era ella. Le dijo que era amigo de Sara, que si se podía poner al teléfono, y al cabo de unos instantes escuchó su voz.

—¿Sí?

—¡Sara! ¡Soy yo! Hablamos el otro día.

Se hizo el silencio al otro lado de la línea.

—Disculpe, ¿quién es?

—Soy yo. ¿Te acuerdas de los tajines y de Marrakech?

Otra pausa. Al cabo de un rato, se oyó un suspiro de impaciencia.

—La verdad es que ahora no caigo... —dijo, cansada—. Pero si me recuerda algo más... Aquí llama mucha gente, ¿sabe?

Al fin, ella cayó en la cuenta:

—¡Ah, sí! ¡Perdone, ahora sí! Me contó una historia de su nieto, ¿verdad?

No quiso seguir la conversación. Le dijo que tenía prisa y que solo llamaba para saludarla. No le preguntó si era pelirroja ni tampoco si había probado los huevos estrellados de Casa Lucio. Ya no quiso decirle nada más. Vuelve a llamar a su mujer. Nada. Tiene que hacer algo, porque cada vez le duelen más el coxis y las rodillas. Está en una posición incómoda. Tiene los pies fríos; es invierno y han apagado la calefacción. No quieren gastar demasiado.

Antes pensaban en dejarles a los hijos lo que tenían. Habían trabajado toda la vida para eso. Ahora son conscientes de que sus ahorros servirán para pagar residencias, pañales, polvos de talco. Con un poco de suerte, si consiguen quedarse en casa, podrán pagar una cama de hospital con uno de esos mandos para incorporarse. Un mando que lleve un botón de la esperanza, piensa él, con el que pueda llamar a Matilda.

Escucha ruidos procedentes de la habitación y llama de nuevo a su mujer. Esta vez ella sí responde.

—Estoy aquí —dice él—. En el suelo. Me he caído, pero no te preocupes, que estoy bien. Levántate tranquila. No corras, a ver si te vas a caer tú también.

Sabe que ella lentamente aparta las sábanas y pone los pies en el suelo. Las zapatillas. Una y dos. Coge el batín y arrastrando los pies con cautela sale de la habitación. Al llegar a él hace un amago de agacharse, pero no puede.

—No hagas eso. Solo pásame el aparato de la mesa.

—¿Vas a llamar?

—Claro, mujer, para eso están, ¿no?

Se cuelga el aparato en el cuello y pulsa el botón a la espera de que alguien atienda la llamada. Le arden los ojos.

—Tienes los ojos rojos —le dice su mujer.

Se los frota. Piensa en antes, aunque sabe que no debe. Vuelve a la explanada del Retiro. Tiene los ojos rojos, pero es por el polen.

Puentes

Lo único que quiero decir
reluce fuera de alcance.
Como la platería
en la casa de empeños.
TOMAS TRANSTRÖMER

Empezaré por el final diciendo que existen millones de estrellas. Vemos su luz, aunque eso no quiere decir que sigan vivas. Pueden haberse muerto pero nosotros, pequeños y lejanos, vemos esa luz aún no extinta.

De niños solían contarnos que cuando alguien moría se convertía en una estrella.

Ahora, en este cielo de verano, veo muchos aviones y, sin embargo, quedan muy pocas estrellas.

Subo aquí por las noches, a esta azotea frente al puerto desde la que se observa la otra orilla de la ciudad. El río. El agua, los barcos que oscilan titilantes en la bahía. Me asomo y trato de recordar el nombre de los puentes. Manhattan, Williamsburg, Queensboro.

Todas las noches observo las luces lejanas y trato de distinguir una señal. Un guiño. Un destello intermitente de los anillos de Saturno.

¿Estás ahí?

Las cosas que dejan de existir tienen que irse a algún otro lado. Migran, se transforman, quién sabe. Por eso busco algo de ti, lo que queda, en estas luces tercas que brillan para nosotros incluso después de que hayan muerto.

El principio, sin embargo, fue Cadaqués y en el principio tú acababas de llegar pero todavía te encontrabas lejos. Mientras, yo estaba en una despedida de soltera en un pueblo de casitas blancas en el que sopla a menudo un viento que dicen que vuelve locos a sus habitantes. Se llama tramontana. Pero aquel día de junio —cielo azul, turistas, olor a Nivea y paellas de marisco en los chiringuitos del paseo— hacía mucho calor y no soplaba viento. Todo estaba en calma. Mi padre había muerto hacía dos semanas y lo habíamos enterrado con un traje gris marengo, y en el bolsillo del pantalón, el reloj de cadena del abuelo. Como si le fueran a servir de algo el traje, el reloj o el bolsillo.

Llevaba tiempo conectado a una máquina. Muerte cerebral. Coma.

Un día desconectamos la máquina porque se había acabado la esperanza. Como si la esperanza fuera algo cuantitativo. Acumulativo incluso.

La última tira adherida con rabia a un rollo de papel higiénico.

Habían pasado apenas dos semanas y yo tenía la piel cubierta por unas manchas rojizas que me escocían. Tomaba cortisona y antibióticos, aunque los médicos no sabían qué me ocurría. Por precaución, me prohibieron cualquier tipo de contacto con el sol. Y ahí estaba, en una zona apartada de la playa, la única donde había sombra. Desde allí, en silencio, observaba cómo mis amigas tomaban el sol.

Pensaba en ti. En lo extraño de que hubieras llegado en ese momento. O yo al tuyo. En el azar. En mi padre, en la despedida de soltera de mi mejor amiga, que había organizado yo. En si era legítimo sonreír, estar ahí, dos semanas después de haber enterrado a mi padre.

Me preguntaba, angustiada, de dónde habías salido y desde cuándo estabas ahí.

Sobre las piernas tenía un libro abierto llamado *Algún día este dolor te será útil*, y no fue sino más tarde —días, meses, años después—, cuando volvía recurrentemente a ese instante, a esa tarde de verano, en el momento en que me di cuenta de que aquel era un título absurdo.

Aquella misma noche, al regresar a Barcelona, fui a urgencias porque las manchas no remitían. Es más, habían aumentado y me ardía el cuerpo. Me dieron un diagnóstico, se llamaba duelo.

—Dolor acumulado. El cuerpo es más inteligente de lo que pensamos —me dijo la mujer que me atendió.

Entonces pensé en la utilidad del dolor, en si servía para algo.

Recordé la portada verde de aquel libro y te vi a ti, lejos, aún con tu otra vida.

No. No creo que ese dolor nos haya sido útil.

Decían que el amor era lo imprescindible. Pero no tenían razón: lo imprescindible era otra cosa.

Al cabo de unos meses —mi piel cubierta de eccemas, de marcas aún— leí un artículo que mencionaba que unos estudios recientes demostraban que el duelo por el fin de una relación amorosa era peor que el producido por la muerte. Ante el fallecimiento de un ser querido, decían, nuestro cerebro se enfrenta a un duelo definitivo que carece de vuelta atrás. Sin embargo, con otros finales, como las separaciones, el cerebro se siente más perdido: recibe órdenes de que tiene que aprender a vivir como si el otro hubiera muerto, aunque no sea así. El artículo me produjo rabia, ansiedad, y escribí un email enfurecido a la revista para decirles que no tenían ni idea de lo que estaban hablando y que me parecía una ofensa comparar ambas cosas. Una ruptura era una banalidad comparada con la muerte. ¿Es que se habían vuelto locos?

En las separaciones, el otro sigue vivo. Queda eso: la esperanza. El coma.

La otra persona continúa con su vida: cumple años, aunque lo haga sin ti. Pasea. Conoce a otras personas. Se acuesta con otras personas. Les dice te quiero a otras personas. Incluso sube fotos a las redes sociales pero ya no eres tú la que aparece a su lado sino que estás al otro lado de la pantalla, adivinando esa nueva vida. Sin opinar sobre ese nuevo corte de pelo —*te lo han cortado demasiado*—, sin reírte de esas gafas de pasta —*¡desde cuándo!*—.

La esperanza antes de desconectar la máquina.

¿Estás bien?

La esperanza era estar a 6.162 kilómetros de una fotografía, en una azotea, tratando de recordar el orden de los puentes en el horizonte. Era ver a alguien a través de una pantalla que no era una ventana.

La piel, dicen, acumula el dolor. En tres años se han ido casi todas las marcas pero algunas más pequeñas, rojizas, siguen ahí. Quizás, como las estrellas, estén un poco muertas ya, pero persisten.

El primer año fuimos a ver ballenas azules a la bahía de Monterrey. Subidos en una embarcación que a mí me parecía lo bastante destartalada como para hundirse en cualquier momento, nos fuimos mar adentro y después de estar casi dos horas sin que ocurriera nada las vimos justo cuando la guía había anunciado que teníamos que emprender el regreso hacia la costa. Tenías razón: hay que saber esperar. Un chorro alcanzó casi diez metros de altura y despertó las exclamaciones de todos los turistas. Ahí estaban por fin: eran dos, una madre y su cría.

Las ballenas azules son los animales más grandes de la Tierra: tienen una cabeza alargada y ancha, y unas barbas que pueden alcanzar hasta un metro de longitud. Su lengua puede llegar a pesar cuatro toneladas y es lo suficientemente larga como para sostener a un equipo de fútbol completo.

«Nada de besos con lengua», ya lo ves, me dijiste.

Estuvimos poco rato cerca de las ballenas; teníamos que volver. Se comunicaban mediante ruidos extraños. Yo observaba a la cría, que no se separaba demasiado de la madre. Tendría miedo, quizás, de aquella horda de turistas exaltados.

La guía que nos acompañaba habló del corazón de las ballenas azules, que llega a pesar seiscientos kilos, lo mismo que un coche. Dijo también que el oído es el sentido más importante de estos animales: sus cantos son la manera de comunicarse con las otras ballenas.

Más tarde, ya en el hotel, los escuchamos en un vídeo. Eran como una especie de lamento profundo; sonidos de baja frecuencia que podían recorrer más de 3.200 kilómetros de distancia.

Podían cruzar un océano.

Barcelona y Nueva York están separadas por 6.162 kilómetros. Tenemos teléfono, internet, mensajería instantánea. La comunicación, sin embargo, se nos hace difícil, casi imposible. Fíjate en ellas, en las ballenas, cuyos sonidos son capaces de recorrer miles de kilómetros. No sé qué se dirán. Quizás sea simplemente un «hola».

Pero siempre encuentran el camino.

Pienso en el peso del corazón de las ballenas. En si está relacionado con la cantidad de sufrimiento que pueden tolerar.

La primera vez que nos dimos un beso fue en la barra de un restaurante. Casi me caigo de la silla y te reíste. «Tienes cara de asustada.» Fue después de muchos meses, casi un embarazo, solías decir.

—¿Crees que podríamos intentarlo? —me preguntaste.

Más tarde, en tu casa, te hablé de ese día en Cadaqués. De la cubierta del libro verde. Me quité la camiseta para mostrarte las marcas rojas, la piel enrojecida y llena de heridas de las axilas. La línea de puntos rojos debajo del pecho, en el ombligo.

—No soy ningún chollo, ¿sabes? —te dije.

Seguiste todas aquellas marcas con el dedo índice, como si formaran parte de un dibujo escondido. Como si de repente hubieran adquirido un sentido distinto y esas manchas, mil dolores pequeños, pertenecieran a una cubierta verde de un libro que seguía abierto sobre mis rodillas.

Unos años más tarde, antes de empezar a hacer las maletas y embalar mis libros en cajas de cartón

—«Nueva York», escribí con un rotulador sobre la cinta con la que las cerré—, cogiste aquel libro verde de la estantería. Lo habíamos mantenido ahí, entre tus libros de literatura norteamericana contemporánea ordenados alfabéticamente.

Lo cogiste y te quedaste mirando la cubierta.

Acabábamos de llegar a casa silenciosos. Habíamos ido al teatro a ver la adaptación de un relato de Raymond Carver titulado *Caballos en la niebla.* Sentados hacia el final de la sala en unas incómodas butacas de terciopelo, escuchamos atentos.

«Había una chica, ¿sabes? ¿Me escuchas? Y esa chica amaba a un chico con locura. Lo amaba más que a sí misma. Pero el chico..., bueno, se hizo mayor. No sé lo que le sucedió. Pero tuvo que sucederle algo. Se volvió cruel sin querer ser cruel y...»

Me apretaste la mano.

¿Fue ese el final?

Las palabras y la literatura nos sirven muchas veces de espejo, de coartada.

—Así que esa chica amaba al chico con locura, ¿eh? —me susurraste.

—Ya no, no te creas —sonreí.

Cuando terminó y salimos a la calle, hacía frío e íbamos cogidos de la mano.

—¿Tú crees que la gente se vuelve cruel de repente? —dije.

—¿Por qué dices «gente» si me lo estás preguntando a mí?

Después fue cuando, en casa, cogiste el libro de la cubierta verde. Tenía el lomo descolorido, de un verde más claro. Arrancaste la cubierta entera y la rompiste en pedazos. Al acabar la tiraste a la basura.

Mientras lo hacías pensaba en Cadaqués, en el mar, en las páginas que me habían llevado —de alguna manera— hasta ti.

Fuera, en la calle, el asfalto estaba mojado. Acababa de pasar el camión de la basura. Abriste la ventana del salón y arrojaste lo que quedaba del libro.

Se quedó ahí, discreto, esperando a que cualquier coche lo arrollara. No era más que unas cuantas páginas mojadas.

La mayoría de las noches estoy sola en la azotea. A veces me cruzo con una mujer que se sienta en las sillas de mimbre que dan a la parte de atrás del edificio. Las dos estamos en silencio. Ayer, sin embargo, se sentó cerca de mí y me preguntó si era escritora. Le dije que no. Entonces, ante mi sorpresa, me preguntó por qué escribía.

Me quedé callada.

Quisiera haber dicho que escribo para ti, aunque no sé si hubiera tenido mucho sentido hacerlo. Al menos ahora, en esta situación, desde esta azotea que da al río, a la bahía, a los puentes.

Aunque bien pensado, quizás este relato sea el puente, los sonidos que atraviesan el mar, el océano. Palabras —mil palabras pequeñas, una detrás de la otra— que tal vez quieran decirte hola.

Quizás.

No creo que la gente se vuelva cruel de repente. Solo lo dije para hacerte daño.

Estoy aquí. Sigo aquí. Son 6.162 kilómetros. Piénsalo, solo es un avión.

¿Cómo hemos podido perdernos?

En realidad, ahora escribo para que me preguntes en qué página nos quedamos y yo pueda responderte que misteriosamente, después de tantas vueltas, hemos regresado al principio. A la cubierta verde.

Principios y finales se confunden.

¿Me dejas continuar?

Después de tirar el libro por la ventana —a quién se le ocurre— te encerraste en la habitación y yo, sin hacer apenas ruido, bajé a la calle y recuperé ese montón de páginas maltrechas. Solo estaban un poco mojadas y ningún coche las había destrozado. Las tengo aquí, conmigo.

No me preguntes la razón; no la sé.

O quizás sea porque, aunque queramos, no podemos cambiar los inicios.

Pero ¿y qué me dices del final? ¿Crees que podemos intentarlo y empezar aquí, ahora? ¿Empezar por el final?

Uno empuja al otro

En la penumbra, las luces de la ciudad traspasan el estor. La habitación del hotel, un Holiday Inn que ha conocido tiempos mejores —moqueta y gotelé—, está llena de ropa que la chica ha ido dejando por el suelo. Se ha dicho que la recogería más tarde, pero ahora ya es más tarde y no lo ha hecho.

A su izquierda, al otro lado de la ventana, están las luces de México D. F.

Tumbada en la cama, mira hacia esa ciudad que no es la suya, de la que solo puede adivinar las formas. Se siente en un teatro de sombras chinas.

Ha llegado a primera hora de la mañana y después de desayunar ha subido a la piscina de la azotea. Desde ahí, la metrópoli se extendía como una mancha oscura.

Sentada bajo una sombrilla que la resguardaba del fuerte sol, observaba a los niños mientras jugaban con ese padre que había desayunado a su lado hacía media hora. Solo, con su periódico, y ella con su libro. Antes había pensado que era un hombre solitario. Luego, de repente, se había convertido en padre de dos niños.

Diciembre. Y ahí parecía verano.

Las piscinas le recordaban a un chico al que había conocido que no podía abrir los ojos debajo del agua. Los tenía claros, muy claros. Y le picaban. Era el cloro, decía. El chico fue su novio pero ahora estaba lejos, en otra ciudad en la que era invierno.

El azul del agua era similar al del cielo y ella había levantado la vista pero no tenía gafas de sol. Le dolían los ojos aunque no fuera por el cloro, aunque no los tuviera claros, ni verdes, como él.

En el horizonte, México D. F. le seguía pareciendo una mancha que lo cubría todo.

Al cabo de poco rato, la escritora a la que acompañaba esos días en la promoción de su nuevo libro había aparecido sonriente.

La primera vez que la vio, ahí de pie, en el mostrador de Iberia del aeropuerto, con su chupa de cuero, sus botas de charol rojo y la melenita corta, pensó que se había equivocado al leer la ficha que le habían proporcionado en la editorial. Aquella mujer no podía tener de ninguna manera setenta años.

Pero después de cuatro días con ella se había dado cuenta de que sí era verdad. Los cumpliría en marzo.

La escritora se había sentado a su lado en la azotea y había sacado un cigarrillo de su estuche morado. No solía hablar mucho, pero cuando lo hacía, ella estaba atenta y apuntaba: la escritora no desaprovechaba las palabras ni las decía en vano.

Se llevaban más de cuarenta años. Eran de generaciones distintas, y ella no entendía demasiado de luchas feministas e ignoraba que no teñirse las canas pudiera ser una reivindicación.

La escritora tampoco podía entender que ella estuviera pegada a la pantalla del móvil y se comunicara con los demás mediante *likes.* La noche anterior, mientras tomaban una michelada en el bar de otro hotel, de otra ciudad, la escritora le había dicho que las mujeres se estaban volviendo cada vez más dependientes y que eso le daba pena.

—En mi generación tuvimos que luchar mucho para llegar hasta aquí. No te hablo de ir a quemar sujetadores, pero a veces enciendo la televisión y después de un par de anuncios tengo que apagarla. No puedo creer que volvamos hacia atrás de esta manera.

Ella no le contestó. Le gustaba escucharla hablar. La llamaba Simone, por Simone de Beauvoir, y a la escritora le hacía gracia.

—Lo único que me disgusta de ella es ese amor enfermizo por Sartre. Qué mal gusto. Me dices que te gusta Camus y, bueno..., lo entiendo... ¡Pero Sartre! —y ponía los ojos en blanco.

Hablaba mucho de su pareja, un actor de cine muy famoso. Los primeros días, a la chica le sorprendía aquella continua mención, pero se había acostumbrado. Siempre matizaba que no estaban casados, le gustaba recalcarlo: no creía en los papeles firmados. En realidad habría que decir que no creía en nada que pudiera ser considerado convencional.

Ahora ella, ya de noche, en la habitación, tumbada en la cama mientras observa las luces tenues de la ciudad, come zanahorias pequeñas que vienen en una bolsa de plástico. Le fastidia que tengan un poco de agua y que algunas estén reblandecidas y otras secas. Tenía hambre, pero no quería cenar sola en un salón lleno de gente cansada después de un largo día de negocios o de parejas que no tienen nada que decirse. En ese hotel todo es práctico y funcional.

La escritora ha dicho que no tenía hambre, así que ella se ha ido al supermercado Oxxo que está enfrente del hotel y se ha comprado unas galletas de mantequilla y esas zanahorias pequeñas. Ha puesto un par de almohadones en la cama y, reclinada, mastica lentamente las zanahorias, pero se lamenta de que no estén buenas. Antes se ha comido una que tenía un sabor amargo. Cree que estaba podrida, pero se la ha tragado porque no ha encontrado nada a mano para escupirla.

Le gustan mucho las zanahorias. Sobre todo las pequeñas. De niña descubrió una plantada en la maceta de un geranio.

Los fines de semana sus padres la llevaban a menudo a casa de unos amigos que tenían una finca grande y un huerto muy bien cuidado. Le enseñaban los nombres de las hortalizas y si se portaba bien, como premio, la dejaban ir a buscar zanahorias. Solía encontrar muchas y en los lugares más variopintos. Entre las coles, bajo el algarrobo. En las macetas. Durante años pensó que tenía un don para encontrar zanahorias. Pensó que era más lista que los adultos, que no daban con ellas.

Un día, le recordó a su padre aquella vieja historia.

—Realmente se me daba bien lo de las zanahorias. Las encontraba rápido, sin vuestra ayuda.

El padre se rio y, asombrado, le confesó que eran ellos los que se las escondían. Se sintió engañada. Sintió que su recuerdo era falso y que lo había evocado muchas veces creyendo que era real.

Ahora, cada vez que compra zanahorias, le reprocha mentalmente a su padre que se lo dijera. No era necesario.

Da con otra zanahoria mala y, esta vez sí, la escupe sobre su propia mano. Se va al baño y la tira en la pequeña papelera cilíndrica de metal.

Mientras se observa en el espejo se mete otra en la boca, pero enseguida siente un sabor agrio. Una textura diferente.

Está podrida.

Al partirla con los dientes y escupirla, ahora sobre el inmaculado lavabo, observa asqueada cómo un pequeño gusano blanco sale del interior ennegrecido.

Siente una arcada y abre el grifo rápido hasta que el gusano desaparece por el sumidero. Los trozos de zanahoria podrida se quedan ahí, atascados.

Se enjuaga la boca pero sigue sintiendo esa textura extraña.

Después, coge las demás zanahorias y las echa por el retrete.

Las ve ahí flotando.

Tira de la cadena y observa cómo pequeños dedos naranjas se arremolinan y desaparecen.

Tiene ganas de vomitar. Siente que el gusano se le ha quedado dentro; o tal vez hubiera otro y se lo ha tragado.

Piensa en ir al súper y denunciarlos por vender zanahorias podridas, pero ¿qué podrían hacer? ¿Darle otra bolsita de zanahorias? ¿Devolverle el dinero?

Se rinde antes de empezar. La escritora habría ido al súper a reclamar su derecho como consumidora.

Se siente también mal por eso, por la pereza. Por no saber luchar.

Vuelve a tumbarse en la cama y cierra los ojos.

Una mañana, mientras desayunaban, la escritora le contó anécdotas de cuando nació su primer hijo. Hablaba de nuevo de su pareja: con respeto, con amor.

Ella la escuchaba atenta para aprender y anotar. Lo hacía como si estuviera en una clase de la universidad.

—¿Sabes?, al conocernos nos hicimos una promesa —dijo la escritora—. Uno empuja al otro. Después bordé esa misma frase en un cojín y el cojín sigue ahí, sobre la colcha de nuestra habitación.

Ella se lo apuntó en las notas del móvil.

Le dijo que las relaciones siempre sumaban dos. Uno más uno. Pero no vale con uno y medio más medio, o al revés.

Uno empujaba al otro, de eso se trataba.

Ella apaga la luz de la mesilla de noche. Sigue teniendo hambre aunque ya le da igual. No hay conexión a internet y ni siquiera puede ver qué hacen los demás, lejos, en casa, donde hace frío.

De pie, en medio de la habitación, sigue viendo la ciudad a través del estor.

México D. F. es como una mancha de petróleo que avanza hacia el mar. Que no tiene fin, que se expande más allá del horizonte.

Se tumba de nuevo en la cama. Se cubre con la sábana.

Vuelve a mirar las luces de la ciudad. Lo imagina a él a su lado, ella agarrándolo, acariciándole el pelo ondulado, besándole la nuca. Lo hace todas las noches. Es casi como una oración.

Uno empuja al otro. A veces, uno deja de empujar primero.

Prostitución

Ha cerrado las ventanas de la cocina porque hacía un calor agobiante. Enciende el aire acondicionado y se queja una vez más de la maldita humedad que hace en esa ciudad.

—Esto es insoportable —murmura mientras pone en funcionamiento la batidora—. Con lo bien que estábamos en la otra casa.

—¿Es de plátano, mamá? —le pregunta su hijo.

—¿El qué? —apaga la máquina para poder escucharlo—. Ah, sí, cariño. De plátano y leche, claro.

Cuando la vuelve a encender, el ruido de la batidora inunda la cocina y se siente poderosa mientras observa cómo el plátano desaparece bajo las garras del aparato. Desde el salón, su marido les grita para que cierren la puerta.

—¡Vooooy! —contesta. Cierra de un portazo y observa a su hijo, que, sentado en la mesa blanca e impoluta de la cocina, está absorto en el iPad y ni se inmuta cuando ella le acaricia la mejilla.

Vuelve a poner la batidora en marcha y siente un extraño placer al ver que ya no quedan grumos. Permanece así unos instantes. Sintiéndose importante, sube y baja el mango, se crean burbujas y al llegar al fondo del recipiente de plástico se produce una fuerte vibración.

Ya no hay plátano ni leche, solo un líquido espeso de color indefinido que se parece al de la cretona de los sofás.

De repente la asalta un pensamiento: quizás ha puesto el pollo en el horno demasiado tarde. Teme, como le ocurrió la última vez, que no se dore lo suficiente y las patatas se quemen. Sería una pena. Deja la batidora y abre el horno. Respira tranquila: de momento parece que todo va bien.

Cocina muy poco.

Ha manchado la repisa con el líquido del batido y recuerda con fastidio que la chica está enferma y que no le queda más remedio que lavarlo ella. Se quita los anillos de la mano y los deja al lado del fregadero. No le gusta fregar con las joyas; le da miedo que cualquiera de esos brillantes engastados, pequeños y redondos, se despegue. O peor: que pierdan el brillo. De ninguna manera quiere arriesgarse.

—¿En qué vaso quieres que te ponga el batido, en el de la jirafa?

—¡No, en el azul!

Coge un vaso de plástico transparente de color turquesa. Lo compró su marido en el aeropuerto de Praga. Suele comprar los regalos del niño en los aeropuertos. Nunca lo dice porque trata de dárselos sin la bolsa, pero ella lo sabe. Los dos lo saben. La última vez le trajo a ella uno de esos pañuelos de seda de una marca italiana, pero ella se desilusionó cuando vio la bolsa del aeropuerto doblada en el bolsillo exterior de la maleta.

—No te he puesto mucho azúcar. Pruébalo a ver si te gusta.

—Quiero una pajita.

—¿Cómo se pide?

—Por favor.

—Tienes que acordarte de decir siempre por favor.

El niño empieza a beber su batido mientras vuelve a concentrarse en el iPad.

—¿Qué habéis hecho hoy en el colegio?

—Un dictado. Solo me he equivocado en dos cosas.

—¿Qué cosas?

—Había una palabra difícil que no me sabía y me he olvidado de un acento.

—Bueno, eso son tonterías.

Pero se siente mal por no haberle tomado la lección el día anterior.

—Mamá, ¿qué quiere decir prostituta?

Ella frunce el ceño. No sabe qué contestarle.

—¿De dónde has sacado eso?

—Del colegio. Unos niños mayores han dicho que era una mujer que tiene sexo y le pagan.

Dice lo de «tiene sexo» como si se tratara de una enfermedad.

—Pero ¿se lo habéis preguntado a la profesora?

—No.

—Bueno, pues, a ver. Una prostituta es una mujer que vive de su cuerpo... y que, bueno, que acepta dinero por tener relaciones sexuales con otros.

El niño la mira sin entender:

—¿Y por qué lo hacen, mamá?

De repente se abre la puerta y entra su marido. Ella, aliviada por poder repartir el peso de la conversación, le dedica una sonrisa de circunstancias.

—¿De qué estáis hablando?
—De prostitutas.
—Y esa conversación ¿de dónde ha salido? —pregunta, asombrado.
—El niño me ha preguntado qué es una prostituta.
—No digas «el niño», llámale por su nombre, que ya sabes lo que dijo la psicóloga. ¿Se puede saber qué te enseñan a ti en el cole? —añade dirigiéndose a su hijo.
—Lo han dicho los de la clase de los mayores, papá.
—Tú aún no tienes por qué saber de estas cosas. Anda, termínate el batido, que nos vamos al tenis. ¿Lo tienes todo preparado?
—La bolsa está en el recibidor, encima del sillón —se adelanta ella.

Él deja el periódico en la repisa y ella lo hojea distraída mientras su hijo termina el batido y se olvida de las prostitutas. Luego él se marcha. Lo oye subir las escaleras hacia la planta de arriba.

Ella no lee los periódicos, pero antes era aficionada a repasar todas las esquelas. Años atrás, ese había sido uno de sus *hobbies:* buscar nombres conocidos. El morbo de ver, tal vez, que alguien a quien conocía había muerto en un fatal accidente de coche. La cara desfigurada, un camión le habría aplastado la cabeza contra el asfalto. Le gustaba imaginarse aquellas escenas. Imaginarse, quién sabe, que esa mujer que quedaba atrapada entre el chasis de un camión era la exnovia de su marido.

Esquiva las esquelas y termina casualmente en las páginas de contactos. Su hijo sube también al piso de arriba y ella se queda sola en la inmensa cocina leyendo anuncios de mujeres que ofrecen sus servicios. Que «tienen sexo». Entre los anuncios lee: *Janelle: viciosa y complaciente: francés completo 20* o *Todo curvas de placer absoluto: francés profundo y griego si te portas bien.*

Ahora recuerda cuál era la diferencia entre francés y griego. Se confunde entre los dos.

Pero se pregunta cómo pueden chupársela a un cualquiera a cambio de veinte euros.

Cierra el periódico y vuelve a abrir el horno. El pollo empieza a estar dorado y las patatas no están quemadas, así que todo marcha perfectamente. Se siente satisfecha y sonríe a su marido, que acaba de entrar de nuevo en la cocina.

—Parece que hoy el pollo quedará en su punto —le dice.

—Me alegro.

—¿Has cogido la bolsa del niño?

—¡Llámale por su nombre! La psicóloga dijo que le estabas creando una crisis de identidad.

—Perdona...

—Volveremos en un par de horas —le dice—. ¿Te vas a quedar aquí?

—No, pensaba ir al centro comercial a cambiarle la pila a tu reloj.

—Perfecto —le deja un billete en la repisa. Cerca de los anillos.

Les dice adiós a su marido y a su hijo: se marchan a jugar al tenis. Desde los ventanales del salón los ve entrar en el coche y, en ese momento, el jardinero levanta la mano y la saluda. Está podando los setos de la entrada.

De vuelta en la cocina, abre la nevera y deja que su mirada vague entre fresas, espárragos verdes y ensaladilla rusa dentro de un bote transparente. No tiene hambre, pero la visión de un frigorífico lleno le da paz.

Se pone de nuevo los anillos. Se ha acostumbrado tanto a llevarlos que sin ellos se siente desnuda. Sus brillantes, esa cocina blanca. El salón, las cretonas elegantes. Los setos, las hortensias del jardín. Las raquetas de tenis. Se siente agradecida por lo lejos que se encuentra su vida de las páginas de contactos. Se siente a salvo del griego y del francés completo, sean lo que sean.

Sin embargo, la pregunta de su hijo resuena en su cabeza: ¿qué es una prostituta, mamá?

Se responde a sí misma: una mujer que mantiene relaciones sexuales con varios hombres por dinero.

¿Y si fuera solo uno?

Observa el billete verde, grande y nuevo, esperándola en la repisa.

De repente, un ligero olor a quemado la saca de sus pensamientos y abre el horno corriendo. Emerge un humo grisáceo y observa la carne del pollo, que está muy dorada, casi marrón, y algunas de las patatas, chamuscadas. No puede ser, se dice.

Apaga el horno con rabia pero se queda quieta, como si no supiera cómo continuar.

Tiene ganas de llorar, y lo único que la consuela es la posibilidad de hacer otro batido para que el ruido de la batidora llene la cocina. Para que la haga sentirse un poco mejor. Más poderosa.

El bebé azul

Para Irma y Laia

Mamá contaba que de no haberse casado con papá lo habría hecho con su amigo Eduardo. Lo decía sonriente, guiñándole un ojo a papá. Él, entornando los ojos, solía responderle: «Entonces nunca hubieras probado estos músculos que tengo». Sacaba bola con el brazo y nos hacía reír a todos, porque era un hombre enclenque, como mi hermano. Como yo. Mamá le besaba en la mejilla y él resoplaba con resignación. «Ay, la que le habría caído al pobre Eduardo, ¡ni un minuto te hubiera aguantado!» Empezaba a imitar a mamá y terminábamos riéndonos a carcajadas.

Eduardo era el mejor amigo de mamá. Ambos se habían conocido de niños en la urbanización de un pueblo cerca de la Costa Brava donde mi madre veraneaba. Eduardo era el hijo del guarda de la urbanización y vivía ahí todo el año. Alto, rubio, fuerte. Con una boca bonita aunque demasiado grande. Como su hijo Marcos, que, durante mi infancia, también fue mi mejor amigo.

En los álbumes de casa había fotografías de mamá con Eduardo. Se los veía jóvenes. Adolescentes casi. Pantalones acampanados y ese color gastado de las fotografías antiguas, como si estuvieran desteñidas por el sol.

Ellos eran cuatro. Eduardo y su mujer, Lola, y los niños: Lea, que tenía dos años más que yo, y Marcos, uno menos. El más pequeño era mi hermano, que tenía uno menos que Marcos.

Siempre quise ser amiga de Lea, pero ella no me hacía caso. En la infancia dos años de diferencia significan una barrera infranqueable, y a esa fascinación que Lea me causaba por ser mayor se le añadía el hecho de que trabajara como modelo de publicidad y la viéramos en la televisión, en los anuncios de una conocida marca de detergente. Yo quería ser como ella. Sus pecas, sus piernas largas y torneadas. Su pelo rubio hasta la cintura. Lo contrario que yo, que era bajita y delgaducha, morena y con el pelo a lo *garçon,* como mi madre se empeñaba en cortármelo.

Pasábamos muchos fines de semana con ellos. Nosotros vivíamos en Barcelona pero en cuanto podíamos nos escapábamos a la urbanización. A mi hermano y a mí nos daba miedo aquella casa: el cementerio estaba demasiado cerca, a la vista desde las ventanas del salón, y no queríamos quedarnos solos ahí. Nos aterraban los cipreses altos que sobresalían por encima de las tapias. Cuando volvíamos en bici a casa evitábamos mirarlo; temíamos que la muerte se nos pudiera pegar. Mi madre nos reñía por ser tan cobardes: era de los vivos de los que teníamos que tener miedo, no de los muertos.

Los sábados cenábamos en una pizzería llamada Solemío, regentada por los únicos italianos que vivían en el pueblo. Íbamos los ocho, y los niños nos sentábamos en un lado de la mesa para no interrumpir la cháchara de los adultos. Marcos, mi hermano y yo nos pedíamos una pizza llamada como el restaurante; era una vulgar Margarita con un huevo frito en el centro. A Marcos y a mí nos encantaba reventar la yema con el dedo índice. «Eso es de cochinos», decía papá. Lea se pedía una hawaiana y acto seguido me maldecía a mí misma porque ella era mucho más sofisticada que yo. La siguiente vez la pediría yo también, me decía. Nunca lo hice.

Uno de esos sábados, Lola nos anunció que estaba esperando un bebé. Dijo que había sido algo inesperado pero que estaba feliz. Brindamos por el bebé.

—Se llamará Telma.

—¿Cómo sabes que será una niña? —preguntó mamá.

—Lo sé —dijo Lola.

Telma nació un 14 de marzo. Era la viva imagen de Eduardo y de Marcos. Probablemente fuese el bebé más bonito que habíamos visto. Pero nació con un problema en el corazón.

Al principio mamá nos contó que tenía una vena más estrecha de lo normal, la aorta, aunque pronto se hizo evidente que se trataba de algo más complejo, una enfermedad llamada tetralogía de Fallot: su pequeño corazón tenía cuatro defectos.

La fuimos a ver al hospital y estaba en una incubadora especial, llena de esparadrapos y de vías. Su piel era de un color blanco artificial, como si la hubieran embadurnado de polvos de talco. Los labios tenían un tono azulado.

Desde que Telma nació no se habló de nada más. Lola y Eduardo habían sido padres de Lea con veinte años. «Demasiado jóvenes», solían decir. Ahora, la paternidad les llegaba de manera diferente y querían aprovecharla.

Contra todo pronóstico, la niña salió a las pocas semanas del hospital. La primera vez que la vimos en casa había recuperado un poco de color e incluso tenía las mejillas rosadas. Nos hicimos una foto con ella. Mi madre la sostenía en su regazo. Eduardo le pasaba la mano por los hombros y los niños nos apelotonábamos alrededor del bebé. Mi hermano le cogía el piececito. Lea sonreía y Marcos y yo salíamos haciendo el signo de la victoria con los dedos. En esa época siempre salíamos así en las fotos.

Brindamos por el bebé. Por Telma.

—¡Seremos como Telma y Louise! —dijo Lea.

—No podrá ser nunca corredora de maratones, pero ¿quién necesita ser corredor de maratones? Tocará el piano —dijo Eduardo.

Mi madre le dio un abrazo muy fuerte y más tarde nos marchamos. Los cuatro les dijimos adiós desde dentro del coche y pitamos repetidas veces con el claxon al dejar atrás la calle.

De marzo a junio fuimos pocas veces a la casa de la urbanización. Mamá se había cambiado de empresa y trabajaba algunos fines de semana, por lo que nos quedábamos en Barcelona. Hablábamos con ellos por teléfono y nos contaban que el bebé iba progresando y que todo apuntaba a que podría hacer una vida casi normal.

Una vez escuché que mamá le decía a papá que desde que Telma había nacido Eduardo no hablaba de otra cosa. De sus cuidados. De lo bonita que era. De lo frágil que estaba.

A finales de junio, cuando terminamos el colegio, papá y yo nos instalamos en la urbanización. Mi hermano se quedó castigado en Barcelona porque había suspendido muchas asignaturas por mal comportamiento. Y mi madre tenía que trabajar.

Papá debía avanzar con su novela y yo me pasé el mes de julio sola con Marcos. Por aquel entonces los dos éramos fanáticos de Indiana Jones y estábamos obsesionados con descubrir algo. Queríamos encontrar algún tesoro, dibujar un mapa y llenarlo de cruces que nos llevaran a resolver algún misterio que nadie, salvo nosotros dos, conociera. Todas las tardes quedábamos a las cinco y nos íbamos a «patrullar» —como decía Marcos— la urbanización. Lo cierto es que nos aburríamos. Teníamos prohibido ir más allá de «la casa de los ricos»: así era como llamaba mamá a una casa completamente cercada de la que apenas veíamos, a través de la verja de la entrada, un porche flanqueado por altas columnas blancas.

Un día, sin embargo, Marcos cruzó el límite y por la tarde lo vi llegar a mi casa asustado, sudado, el pelo rubio pegado a la frente.

—Hay una casa abandonada.

—¿Dónde?

—Después de la casa de los ricos.

Nos fuimos los dos en bici y cuando dejamos atrás esa última casa nos adentramos en un caminito que se iba estrechando conforme avanzábamos. Terminaba en un parque abandonado que veíamos por primera vez.

Había unos columpios oxidados. Un tobogán cubierto de grafitis y un banco de granito, también pintado con espray. Pese a ser las cinco de la tarde, el lugar era extrañamente sombrío. Estábamos solos.

—¿Cómo has llegado hasta aquí?

Marcos se encogió de hombros.

—Solo quería explorar el bosque.

La casa estaba justo detrás del parque. Había una verja metálica en la entrada pero no era lo suficientemente alta como para impedir el paso a los curiosos, así que la saltamos. Nos quedamos petrificados al entrar. Era una masía enorme. Todas las ventanas y las puertas del piso de abajo estaban tapiadas. En el segundo piso estaba abierta una ventana y cerca de ella, como si alguien la hubiera dejado ahí a propósito, una escalera de madera se apoyaba sobre la fachada.

Escuchamos unos ladridos que venían de lejos y nos asustamos. Dimos la vuelta corriendo. Saltamos la verja, cogimos las bicis y no dijimos una palabra hasta que llegamos a la casa de los ricos, que marcaba la entrada a la zona segura.

—Qué miedo —le dije a Marcos.

Pero estábamos felices, porque teníamos algo con lo que empezar nuestro mapa del tesoro.

Después de la aventura fuimos a ver al bebé. Eduardo nos hizo lavarnos las manos y la cara con un jabón desinfectante para que no le traspasásemos ningún virus; la niña era frágil. Su piel fina dejaba entrever las venas azules.

Por la noche, al llegar a casa, le dije a papá que el bebé se había puesto azul y me miró preocupado.

A partir del descubrimiento de la casa abandonada, nuestras tardes transcurrieron frente a ella, comiendo pipas en el banco de granito pintarrajeado. Hablábamos de películas de miedo, de espíritus, de aventuras. No nos atrevíamos a entrar en la casa. La escalera seguía allí, apoyada en la fachada, pero teníamos miedo de los ladridos que habíamos escuchado el primer día. Quizás hubiera perros sueltos por ahí. O lobos.

Aquel mes de julio teníamos mucho tiempo libre. Mi padre me dejaba hacer lo que quisiera mientras no le molestara y pudiera escribir la novela, y Eduardo y Lola no se movían de casa para no dejar solo al bebé.

A principios de agosto se instalaron con nosotros mi hermano y mi madre. El primer fin de semana, las dos familias al completo nos fuimos a cenar a la pizzería. Con el bebé éramos nueve, aunque Telma no ocupaba mucho sitio. Estaba dormida en su cochecito. Tapada, aunque fuera agosto, porque siempre estaba fría. Y azul, cada vez más azul. Lola y Eduardo estaban felices y esperanzados. A Lea se le caía la baba. Marcos, en cambio, no hablaba casi del bebé.

—Mamá, ¿por qué el bebé está azul? —preguntó mi hermano al llegar a casa. Yo lo miré amenazadora. No entendía aún que no había que preguntar según qué cosas.

—Telma está un poco frágil.

A los pocos días, mi hermano vino con nosotros a la casa abandonada y nos llamó miedicas. Él, que tenía dos años menos que yo, era mucho más valiente. Saltamos la verja metálica y corrimos hacia la entrada de la casa. Nos quedamos mirando la escalera, pero él ya había empezado a subir por ella y desapareció a través de la ventana sin cristales.

—¡No hay nada peligroso! —gritó desde arriba.

Tenía razón. Solo había hojas secas y mucho polvo. Maletas de piel con fotos y camafeos dentro. Una muñeca de plástico desnuda a la que le faltaba una pierna. Encontramos muchos juguetes, un caballo de madera. Peluches polvorientos. Había un cuaderno con dibujos infantiles que mi hermano robó. Él disfrutaba mucho estando ahí. Sin embargo, a mí me asaltó una idea: estábamos en un lugar que no nos pertenecía. No teníamos derecho.

Hacia el final de la tarde íbamos todos los días a ver a Telma antes de que la bañaran. Seguíamos siempre el ritual de la desinfección. Cuando yo la sostenía en brazos contenía la respiración. Estaba tan delgada... Pensaba en esa palabra que los demás repetían: fragilidad. Pero el bebé azul tenía fuerza. Se agarraba a todo. Cerraba sus deditos largos con energía. Parecía imposible que un ser tan diminuto pudiera agarrarse de aquella manera. Eduardo nos contó que a ese gesto de los recién nacidos se le llamaba reflejo de prensión y que se mantenía hasta los seis meses. Era un vestigio evolutivo que nos quedaba de nuestros primos los chimpancés, de cuando teníamos que cogernos a las ramas. No sabía si creérmelo. Pero el bebé se agarraba a todo con aquel reflejo inútil que sobrevivía a través de los siglos.

Por las noches, ya en la habitación que compartíamos mi hermano y yo, apagábamos la luz y, metidos en la cama, hablábamos de la casa y de lo que podríamos encontrarnos al volver. Mi hermano había guardado el cuaderno robado debajo del colchón y lo habíamos analizado juntos; buscábamos pistas entre los dibujos, como si estos escondieran las claves que nos dirigirían al tesoro. Pero no había nada. Solo soles, nubes, árboles. Balones de fútbol. Eran los dibujos desgarbados de un niño pequeño.

Mi hermano insistía en explorar en el resto de la casa. La habitación en la que habíamos estado era grande, pero la puerta estaba cerrada con llave e ignorábamos qué había detrás. Nos gustaba fabular, imaginar. Así, la casa abandonada pasó a ser nuestro tema de conversación favorito de todas las noches. Notaba que mi hermano se alteraba cuando hablaba de la casa: se volvía agresivo. Supongo que estaba aburrido y que pasábamos demasiado tiempo solos.

Volvimos a la casa un viernes caluroso. Mi hermano nos llamó miedicas de nuevo. Una vez dentro de la habitación abrió su mochila, repleta de sus cuadernos de repaso, y sacó un hacha. Marcos y yo lo miramos aterrados.

—¿Qué...? —balbuceó Marcos.

—Voy a romper el pomo de la puerta.

Dio un par de golpes pero no lo consiguió.

—¿Para qué quieres entrar? Estamos bien aquí, este es nuestro lugar... —dije—. Podemos quedarnos aquí todas las tardes que queramos.

Mi hermano me miró con furia.

—Tú eres una chica y no lo entiendes.

Volvió a dar golpes hasta que arrancó el pomo de la puerta y esta se abrió. Los tres nos quedamos quietos, casi sin respirar, y fue mi hermano el que, como siempre, encabezó la comitiva. La habitación daba a un pasillo completamente vacío en el que no había nada más que varias puertas cerradas.

—Vamos a abrirlas todas, va. ¡Tenemos que ver lo que hay!

Empezó a clavar el hacha en las puertas. Ni siquiera lo hacía en el pomo, sino en la superficie, simplemente para destrozarlas, e iba dejando marcas en todas ellas, como si estuviera luchando contra un enemigo invisible.

—¡Basta! ¡Basta! —le grité.

Marcos se acercó por detrás y lo agarró. El hacha le cayó sobre el pie y mi hermano gritó de dolor. Marcos lo empujó con fuerza hacia la pared y mi hermano, como si de repente hubiera vuelto en sí, se puso a llorar.

—Vámonos, no volvamos aquí nunca más —dije.

Salimos corriendo y lo dejamos todo atrás. El hacha, la mochila con los cuadernos de repaso. Todo.

Cuando nos montamos en las bicis escuchamos por segunda vez esos ladridos lejanos.

—No pasa nada —le dije a mi hermano, que tenía la cara llena de lágrimas y suciedad—. Una vez lo oímos también, pero no pasó nada.

Entonces escuchamos los gritos de un hombre que corría hacia nosotros desde dentro de la parcela de la casa.

—¡No tenéis ningún derecho! ¡Idos de aquí, malcriados! ¡Tenéis que respetar el dolor de la gente! ¡Malditos seáis!

Huimos despavoridos y llegamos a casa sin aliento. Queríamos escondernos y no volver allí nunca más.

—¿De dónde sacaste el hacha? —le pregunté ya por la noche a mi hermano.

—Papá la tenía en el garaje. Es para cortar leña. ¿Crees que era un fantasma?

—¿Quién?

—El hombre que gritaba.

—¡Qué dices! ¿Cómo va a ser un fantasma?

Pero lo cierto es que yo tampoco sabía quién era aquel hombre que había salido de la nada.

No era ningún fantasma. Era el agricultor que se ocupaba de los campos que rodeaban la casa. Acudía una vez por semana a controlar que aquel tipo de cosas no ocurrieran. No habíamos sido los primeros en entrar en la casa.

Mi madre nos lo contó al día siguiente. Nos sentó a la hora de comer y nos dijo que aquel hombre la había llamado. Conocía a Eduardo de toda la vida y había encontrado los cuadernos de mi hermano con su nombre. También el hacha.

—¿Por qué lo hicisteis? —le preguntó a mi hermano.

—No lo sé.

—¡Era un hacha! ¿Sabes lo que te podría haber pasado?

Ni siquiera estaba enfadada. En sus ojos se reflejaba el miedo de la madre que comprende, por primera vez, que ya no tiene control sobre sus hijos.

Nos requisó las bicis.

—Nunca más, ¿me habéis entendido? Nunca más. No tenéis derecho a hacer eso.

—¿Quién vivía ahí? —le pregunté.

—Una familia.

—¿Y qué pasó?

—Que tuvieron un accidente y no volvieron.

Aquella noche no pude dormir. A mi mente acudían una y otra vez el hacha y mi hermano enloquecido frente a las puertas cerradas con llave que daban a un pasillo oscuro y lleno de polvo. Pensaba en la familia que había habitado aquella casa. En lo que había dicho aquel hombre acerca de respetar el dolor ajeno. No era la casa lo que me aterraba. Era mi hermano. Todo aquello me causaba una profunda tristeza; podía sentirla incluso físicamente. Era como si me pincharan cerca del corazón.

Estuvimos una semana sin ver a Marcos. Nuestros padres habían acordado que era mejor separarnos unos días. Sin embargo, por la tarde, lo llamaba a escondidas.

—¿Crees que habría alguien muerto? —me preguntó.

—No lo sé. Creo que no.

—¿Y por qué estaban las habitaciones cerradas con llave?

—No lo sé. Mi madre dijo que ahí vivía una familia.

—Mi padre también.

Cuando nos vimos de nuevo, nos sentaron a los tres para decirnos que si volvíamos a hacer cualquier «gamberrada», como decía Eduardo, no saldríamos ni un día más de los quince que quedaban de verano. Ninguno se atrevió a desobedecerlo, y a partir de entonces nuestras tardes transcurrieron junto al bebé azul. La veíamos sonreír y sus carcajadas inundaban el salón. Un día, Marcos, orgulloso, me enseñó su dedo índice.

—Mira —dijo.

—¿El qué?

—¿Ves esta marca?

Había una herida diminuta. Casi ni se veía.

—Me la hizo Telma. Se agarraba tanto al dedo... No me podía soltar. Cuando lo intenté, me clavó la uña.

—¿Cómo es posible que tenga tanta fuerza? —le pregunté fingiendo sorpresa.

El bebé azul se agarraba con energía al dedo de su hermano. Pero aquello no me provocaba alegría sino, otra vez, una extraña tristeza.

Aquel verano nos marchamos antes a Barcelona. Mamá tenía que volver por trabajo y nos fuimos todos. Regresábamos a la ciudad, al colegio, al olor del forro de los libros nuevos y a las etiquetas con nuestros nombres en el uniforme. Nos despedimos de los cinco el domingo 31 de agosto. El bebé azul estaba muy delgado pero sonreía con su boca desdentada.

—Aún está frágil, pero cuando volváis estará hecha una campeona, ¿verdad? —le dijo Eduardo a su hija mientras la mecía en sus brazos.

Mi madre abrazó a su amigo y besó a Telma en su cabecita rubia.

El bebé azul murió en noviembre. No lo volvimos a ver. Mi madre no nos dejó ir al entierro porque decía que esas cosas no eran para niños, aunque ya no fuéramos niños. Fue la única en ir, y al volver nos contó que la niña parecía una muñeca. Era como si estuviera dormida.

Yo no llamé a Marcos: no sabía qué decirle, pero le envié una postal del Barça, que era su equipo favorito. La firmamos mi hermano y yo. Le decíamos que habían abierto un parque acuático cerca de Barcelona y que podían venir a vernos pronto. Añadí una posdata. *Siento lo del bebé.* Luego me arrepentí. ¿Qué clase de pésame era ese?

Después de la muerte del bebé azul se cambiaron de casa. Compraron una en el centro del pueblo y dejaron la urbanización.

La siguiente vez que quedamos con ellos, Lea y Marcos estaban silenciosos. Lola llevaba las muñecas vendadas y mamá nos dijo que sobre todo no preguntáramos nada acerca del bebé. Así lo hicimos. Pero yo no podía dejar de observar las vendas y creo que Lola lo notó.

Fuimos a nuestro restaurante y ocupamos la misma mesa que en verano.

Solo que el cochecito de Telma ya no estaba.

Marcos y yo nos pedimos de nuevo la pizza Solemío y volvimos a romper la yema del huevo con el dedo. Mi hermano consiguió hacer reír a Lea cuando se metió un bastón de pan por un agujero de la nariz, y se sintió feliz, aunque se ganó también una colleja por parte de mi padre, que le dijo que no hiciera cochinadas. Aquella noche, en nuestra casa, volví a sentir esa punzada cerca del corazón. Pensé en la casa abandonada. En el hacha. En volverse loco por un momento. En las vendas de las muñecas de Lola. En la sonrisa inocente de Telma.

La mañana siguiente, antes de marcharnos a Barcelona, ayudé a mi padre a hacer limpieza a fondo de la habitación que compartía con mi hermano. Al mover su colchón apareció ese viejo cuaderno de la casa abandonada. No recordaba que estuviera ahí. Mi padre no preguntó qué era. Lo tiró a la basura y yo no dije nada.

Cuando llegó el mes de julio, mis padres nos mandaron al extranjero a estudiar inglés. Ya nunca volvimos al pueblo. A partir de entonces pasamos los veranos en Inglaterra, Irlanda, Los Ángeles. Teníamos que aprender inglés y parecía necesario hacerlo lejos. Aquella familia se convirtió en un tabú para la mía. Desaparecieron. Eduardo dejó de cogerle el teléfono a mi madre, pero sospecho que mi madre también intentaba alejarse del dolor. Trataba de mantenernos apartados de la muerte. De la tristeza.

—Lo están pasando mal. Pero eso no quita que sean unos egoístas —dijo—. La gente triste se vuelve cruel.

No recuerdo cuándo se rompió el contacto entre ellos de manera definitiva. No ocurrió nada brusco, pero mis padres vendieron la casa de la urbanización porque querían una que estuviera más cerca del mar y nosotros nos habíamos hecho mayores y buscábamos bares modernos y ambiente por la noche. Encontraron una casa pequeña y luminosa con ventanas que miraban al mar y no al cementerio. Y fue en esa cocina donde vi llorar por primera vez a mi madre. Llegué de la playa y me la encontré sentada a la mesa. Sin gafas. Los ojos rojos. Me dijo que había pasado algo, había llamado Eduardo: Lea había tenido un accidente de coche.

La enterraron a los dos días. En el mismo lugar que al bebé azul.

Les dimos un beso a todos y nos marchamos rápido de la iglesia. Eduardo lloraba y mi madre también. Mi padre estaba aturdido, sin saber qué hacer ni qué decir. Abracé a Marcos, pero no reconocí en aquel chico de voz profunda nada que me recordara a mi amigo. Lo abracé con fuerza, como si quisiera devolverle algo que habíamos perdido.

De vuelta, en el coche, le hablé a mi madre de la vieja casa abandonada y le pedí que nos llevara. En algunas ocasiones había pensado en la última vez que estuvimos en aquel lugar. En el miedo de ver a mi hermano con el hacha de mi padre, en el hombre que nos gritaba.

La casa ya no estaba.

Habían construido chalets unifamiliares en toda aquella zona. No había bosque, ni parque, ni casa abandonada.

Detuvimos el coche frente a aquella nueva urbanización pero no nos bajamos.

—Ya está, mamá. Solo quería ver si seguía en pie —dije—. ¿Quién vivía antes allí?

—Una familia, ya os lo dije.

—¿Y qué pasó?

—El niño murió. Era pequeño, el pobre. Tendría cinco años y lo atropellaron. Después de eso los padres se marcharon del pueblo. Cerraron la masía porque decían que pasaban cosas extrañas.

—¿Cosas extrañas?

—Sí. La gente del pueblo se inventó todo tipo de estupideces. Decían que los padres veían al niño rondar la casa al anochecer. En fin, no lo sé, pero yo no quería que fuerais allí.

—Bueno, vayámonos —dijo mi hermano.

No dijimos nada más, cogimos la carretera y nos fuimos de vuelta hacia nuestra casa de la playa, y cuando pasamos por delante del viejo cementerio los cuatro apartamos la mirada.

Ahora, sobre todo los veranos, pienso mucho en Lea y en el bebé azul. En las manitas de esa niña que se agarraba a la vida. En Marcos, mi amigo, que vive en Mallorca con una mujer y una hija. Pienso sobre todo en esa hija desconocida. En si cuando nació, los pequeños dedos se cerraban sobre los de su padre con la misma fuerza con la que lo habían hecho los del bebé azul. En si esa fuerza, vestigio de tiempos que no conocimos, le servirá de algo. Al menos para quedarse.

Ecuaciones

Tardamos mucho en encontrarnos.

Habíamos quedado en la parada de metro de Wall Street, pero había muchas salidas y no le había especificado que la buena era justo esa, la que daba a Wall Street.

La esperé quince minutos hasta que de repente apareció entre la gente acercándose a paso ligero. Gafas de sol y unos *shorts* tejanos demasiado cortos. Una camiseta gris de tirantes que dejaba ver el encaje del sujetador. En los labios, carmín rojo, y el pelo oscuro y ondulado recogido en un moño que parecía casual pero no lo era. Resultaba casi un milagro que pudiese andar con esas sandalias de tacón imposible.

Cincuenta y ocho años y parecía más joven que yo. Mi madre.

En la mano llevaba un sombrero de paja, de playa, como si estuviéramos en alguna isla del Pacífico.

—Esto ya es *too much,* ¿no? —me dijo a modo de saludo.

La miré extrañada sin saber a qué se refería.

—Digo lo de ponerme el sombrero. Entre las gafas y el moño, si me pongo el sombrero ya será *too much.*

—Yo qué sé, mamá. Lo que me parece *too much* es que vayas enseñando el sujetador.

Hizo como que no me había oído y finalmente decidió ponerse el sombrero. Fuimos andando hasta Whitehall Terminal mientras me contaba que había estado en el Whitney Museum. Había una exposición llamada *America Is Hard to See,* pero no había visto nada interesante, que era lo que solía decir cuando no le sonaba nada de lo que veía. Conocía sobre todo la obra de Edward Hopper, que era, a su vez, el pintor favorito de mi padre y el mío. Las reproducciones de sus cuadros habían decorado nuestros calendarios de cocina desde que tenía uso de razón.

La había avisado de que no había nada de Hopper en el Whitney. Me había negado a acompañarla porque sabía lo que me esperaba: mi madre hablando en voz alta en las salas del museo, rompiendo el silencio con sus *«Oh, Jesus»* y *«Awesome»,* dos expresiones que había aprendido el día anterior, cuando el vecino del piso de arriba nos había ayudado a sintonizar la televisión nueva de mi apartamento.

En Whitehall Terminal había mucha gente, pero a esas horas del día se trataba principalmente de aquellos que cogían el ferri de vuelta a casa. Apenas turistas, porque las excursiones que partían hacia la Estatua de la Libertad habían terminado ya.

Dos días antes, cuando llegó a Nueva York, mi madre me informó de que había un ferri gratuito a Staten Island y de que en el trayecto se observaban vistas impresionantes de Manhattan y de la Estatua de la Libertad.

—Gratis y rápido —había dicho—. Es todo lo que necesito para decir que he estado en la Estatua de la Libertad. Sería una tontería venir a Nueva York y no poder decir que la he visitado, ¿no crees?

Así era como a ella le gustaban las cosas: gratis y rápido. Con el mínimo esfuerzo posible.

Subidas ya en el ferri, no supimos dónde sentarnos, si ponernos delante o detrás en la embarcación. Un hombre muy amable, el que se encargaba de abrir y cerrar las puertas, nos indicó el mejor lugar. Mi madre, que se había quitado las enormes gafas negras, le dedicó una de sus sonrisas coquetas.

Nos pusimos en la parte de atrás, pegadas a ese Manhattan del que nos alejábamos. La estela blanca que el barco dejaba en el mar iba creciendo, como si fuera un cordón umbilical mediante el que seguíamos unidos al cemento, a los rascacielos. Mi madre hacía fotos con su *smartphone,* pero se quejaba de que la luz no era buena.

Manhattan desde lejos era menos Manhattan. Se iba volviendo pequeño.

—¿Qué es eso, cariño?

Señaló el *skyline* con el dedo índice y el hombre que nos había aconsejado cuál era el mejor lugar del ferri se acercó.

—Es el edificio que construyeron después de los atentados del 11-S. El 1-World Trade Center.

—Muchas gracias —respondió enseguida mi madre.

—Me llamo Pedro, por cierto.

Nos tendió la mano y nosotras le dijimos nuestros nombres. Pedro empezó a contarnos su historia: era chileno y había llegado a la ciudad más de veinte años atrás. Me aparté y los dejé hablando. No hay cosa que pueda gustarle más a mi madre que conocer a gente nueva. Sobre todo a hombres. Ellos son su zona de confort. Las mujeres la incomodan.

Pedro le contaba que llevaba años trabajando ahí, en ese ferri. Hacía el trayecto de ida y vuelta a

Staten Island y, pese a que durante un tiempo trabajó en las oficinas, a él le gustaba más estar en ruta. Dijo «en ruta» como si se dirigiera a alguna isla secreta. Como si aquel trayecto fuera un viaje de verdad.

—¿No se cansa de estar todo el día yendo y viniendo? El viaje es muy corto —dijo mi madre—. Y debe de ser aburrido...

—En realidad, si lo piensa, todos hacemos lo mismo, ¿no? Ir, volver.

Mi madre lo miró atentamente y por unos instantes dejó de ser la mujer coqueta para convertirse en la otra mujer, la introspectiva, la que no llevaba el sujetador a la vista. Le costaba conjugar ambas personalidades. De todas las mujeres que era mi madre, los demás solo conocíamos a esas dos, las más visibles, antagónicas pero complementarias.

Pedro la miraba embelesado y yo observaba la escena cansada, con cierta resignación.

Conforme nos acercábamos a la Estatua de la Libertad, mi madre iba tomando cada vez más fotografías. Pedro, sin moverse de nuestro lado, se ofreció a hacernos una.

—No, no hace falta —me apresuré a decir.

—Claro que sí —me cortó ella.

Apoyadas en la barandilla, ambas mirábamos en dirección al teléfono.

—Pero vamos, abraza a tu madre, haz algo.

Le pasé el brazo sobre los hombros hasta que Pedro volvió a insistir:

—¡Ahora dale un beso!

Mi madre se empezó a reír porque sabía de sobra lo que detestaba yo los numeritos de las fotos, los besos, los abrazos.

—¡Es que ya ve que mi hija es una sosa y no quiere darle ni un beso a su madre!

Me vi obligada a poner los labios en su mejilla y a mantenerme ahí, rígida todo el rato que el fotógrafo consideró necesario para conseguir una imagen buena.

—¡Pero ponle más ganas! —se animó Pedro.

Al terminar, mi madre cogió el teléfono y vimos la galería de imágenes. Se veía fea, dijo, y borró las que no le gustaban.

—¿Sabes a qué me recuerdan estas vistas del... *skylime*?

—*Skyline,* mamá —la corregí—. Pero, no, ¿a qué te recuerdan?

—Al Tetris, el juego de la Game Boy —la miré extrañada—. Tu hermana y tú os pasabais el día enganchadas a esa maquinita. Había varios tipos de piezas, y las más peligrosas eran unas alargadas con las que había que llevar mucho cuidado. Había que colocarlas rápido porque se comían parte de la pantalla.

—¿Te recuerda al Tetris?

—Sí, mira hacia ahí —y señaló en dirección a Manhattan—. ¿Lo ves? Las piezas alargadas, los cuadraditos..., aquellas piezas tan puñeteras en forma de L invertida... Había que ser rápido o te sorprendía la maldita musiquita que anunciaba el *game over.*

—Pues no sé, mamá, nunca lo había pensado... No le veo mucha relación, la verdad.

—Tu padre decía que el Tetris le hacía pensar en la vida. Que conforme ibas pasando de nivel, las piezas caían más rápido. Tanto que a veces no tenías tiempo de reorganizarlas... A mí me parecía una tontería, pero ya sabes que tu padre le sacaba punta a todo.

—No sé, mamá, la verdad, me parece raro que papá supiera siquiera lo que es el Tetris...

Se quedó callada pensando en quién sabe qué. Si en el Tetris o en mi padre.

Sacó muchas fotos de la Estatua de la Libertad. Nunca había sido buena fotógrafa, porque decía que no sabía repartir los objetos en la pantalla y le quedaban todos amontonados en el mismo lugar.

Pedro se acercó a nosotras cuando estábamos a punto de alcanzar la orilla de Staten Island.

—¿Qué van a hacer? ¿Se vuelven ya a Manhattan?

—No —respondió ella—. Al menos nos tomaremos un café aquí. ¡Y así podré decir que también he estado en Staten Island!

Mi madre, la coqueta, volvía a asomar. Le sonrió mostrando esa hilera de dientes blancos y perfectos.

—De todos modos nos veremos a la vuelta, aunque bueno, por si acaso... —y le alcanzó un papelito a mi madre. Se puso rojo y se excusó diciendo que tenía que supervisar el desembarco de los pasajeros.

Salimos del ferri y nos encaminamos hacia un bar llamado Pier 76. Mi madre es fanática de las aplicaciones de móvil como TripAdvisor o Yelp, y allí donde íbamos trataba de buscar algún sitio donde tomarse algo. Al llegar al bar, nos sentamos en una de las mesas más apartadas. Se pidió, como era habitual en ella, una cerveza.

—Las críticas dicen que este bar es muy bueno.

—Qué más da, solo venimos a tomar algo. Aún no es hora de cenar.

Fingió no oírme y sacó el papel doblado que le había dado su nuevo amigo.

—¿Te puedes creer que siempre me pasan estas cosas? —y sacudió el papelito.

—Bueno... —empecé.

—Bueno ¿qué?

—Mamá, si vas poniendo ojitos a la gente, no me extraña que...

—¡Oh, por favor! ¡Eres como tu padre!

Cuando mi madre no está de acuerdo conmigo dice eso: que soy como mi padre. Teniendo en cuenta que lo había dejado —«abandonado», como precisaba ella— hacía poco más de seis meses por su actual pareja, su comentario no es precisamente un halago.

Mi madre es una mujer opaca. Es imposible adivinar qué pasa por su cabeza. Al menos lo es para mí o para mi hermana, y sospecho que también para mi padre. Siempre fue la x de la ecuación. Estaba ahí. Todos sabíamos que la operación no estaría resuelta hasta que encontráramos el valor de x, pero nunca habíamos dado con él.

Hacía ya algún tiempo, mi padre había bromeado sobre ello y nos lo había resumido así en la servilleta de un restaurante:

$$\textit{Familia} = 1 + 1 + 1 + x$$

Una familia de cuatro miembros era igual a la suma de los cuatro integrantes. Si había una incógnita que no conseguíamos desvelar, el valor de la familia quedaba permanentemente indefinido.

Él es matemático, pero no hace falta serlo para entender de qué estaba hablando.

Mi madre había ido a verme a Nueva York. Yo iba a estar ahí unos meses y como ella no conocía la ciudad había aprovechado la ocasión. Quería ir a los museos, al Top of the Rock, a ver ardillas a Central Park. «Voy de turismo», me había escrito en el email que anunciaba su llegada. Con ello quiso decirme que ya conocía mis gustos y que suponía que yo querría enseñarle la ciudad de verdad, llevarla a Queens, al barrio ultraortodoxo de Brooklyn, a ver a los jubilados rusos de Brighton Beach. Pero que a ella no le interesaba nada de eso. Quería ver lo que le sonara. Sin embargo, el día de su llegada había conseguido llevarla a uno de mis sitios: a un restaurante pequeño cerca de Tompkins Square Park, en Alphabet City. Ella estaba preocupada porque su novio no se había tomado especialmente bien lo de Nueva York. Lo había dejado ahí solo y se había ido.

«Pero, claro. Te das cuenta de que tienes cincuenta y ocho años y que has vivido toda la vida para los demás. Y dices: y a mí cuándo me toca.»

No supe qué decirle. Mi madre no solía hablarme de sí misma. Unos meses atrás, cuando dejó a mi padre, solo me contó, a modo de explicación, que necesitaba a alguien que la hiciera sentir mujer otra vez, y que mi padre se había acomodado. Eso era todo. Pero aquella primera noche en Nueva York la noté triste. Bebía de su cóctel y fumaba más de lo habitual.

La belleza: eso era mi madre.

Una vez, siendo pequeña, escuché cómo el padre de una niña de mi clase decía que mi madre todo lo que tenía de guapa lo tenía de tonta. Me eché a llorar.

Mi abuela, la madre de mi madre, repetía a menudo un dicho: la suerte de la fea la guapa la desea. Contaba que en el colegio, a ella, que era una versión española de Grace Kelly —siempre se sintió orgullosa de ello—, hacían que siempre fuera la protagonista de la función de Navidad. Detrás del telón ponían a la fea para que cantara y a mi abuela le pedían simplemente que abriera la boca, como si lo hiciera ella. Reíamos mucho cuando nos contaba esa anécdota. Mi hermana y yo, mi madre.

La suerte de la fea la guapa la desea.

Mi abuela educó así a mi madre, como si la belleza eximiera de muchas cosas importantes en la vida, y mucho me temo que ni siquiera mi padre consiguió sacarla de ese encasillamiento. La mujer coqueta y seductora ganó a la otra, a esa a la que no conocíamos, que a veces asomaba a través de las grietas de aquella belleza hechizante.

Sentadas ahí, en el Pier 76, mi madre desdobló el papel de su admirador del ferri.

—Ay, por favor, qué mono —dijo.

Me pasó el papel. El hombre le había escrito: «Por si alguna vez le apetece dar un paseo por la ciudad». Y había anotado su número de teléfono.

—Ya sabes, mamá, puedes venirte aquí conmigo. El novio y la hija ya los tienes. No está mal...

—Quita, quita, que de hombres ya tengo suficientes.

—¿Se le ha pasado ya el enfado a tu novio?

—Creo que no. No me coge el teléfono. Pero ¿sabes qué te digo?, que a mi edad ya estoy mayorcita para estas tonterías.

Se pidió otra cerveza y estuvimos calladas unos instantes. De fondo sonaba algún cantante de *country* al que no conocía.

Mi madre se hacía pequeña en presencia de su nueva pareja. Acostumbrada a ser el centro de las miradas, había empezado a salir con un hombre más joven que ella al que yo no soportaba.

—¿Es más guapo que yo? —me preguntó cuando me lo presentó.

De la pared de enfrente colgaba una lámina enmarcada. Se trataba de una reproducción de *Summer Evening,* de Edward Hopper, uno de sus cuadros más famosos. Mi madre la observaba atentamente. En ella, un hombre y una mujer están de pie en un porche iluminado. No se sabe si son una pareja, pero la mujer, una rubia despampanante vestida de rosa, parece ausente, malhumorada. El hombre está de perfil y la mira. Tiene la mano en el pecho, como si tratara de decir algo, de disculparse.

—Me da la sensación de que algunas escenas de los cuadros de Hopper pertenecen a mi pasado. Esa podría ser yo, ahí, en ese cuadro —dijo de repente.

De nuevo, me quedé sin saber qué contestar. No sé qué vio mi madre en ese cuadro que le cambió el talante. Ella sabía que me encantaba Hopper, aunque probablemente ignorara que aquel era el cuadro que más tiempo había pasado mirando en mi vida.

—La mujer se habrá dado cuenta de que la vida pasa rápido, ¿no crees?

—Sí, supongo.

—Es difícil hacerse mayor, aunque tú, claro, aún eres joven y guapa.

Las dos nos quedamos mirando el cuadro otra vez. Me pregunté cuál de las personas que era mi madre —y a las que yo no conocía— se sentía identificada con aquel lienzo.

Se pidió otra cerveza, la tercera, y sin quitar la vista del cuadro me dijo:

—A veces, cuando te miro, siento que eres yo misma pero infinitamente mejorada.

—Vaya, no sé. Gracias, mamá.

No me atreví a decirle que yo también me veía en esa mujer que estaba en el porche y que también, durante mucho tiempo, había tenido la sensación de que la obra de Hopper trataba sobre mí, sobre los silencios, las casas y las ciudades vacías. Me sentía identificada con esos cuadros. Pero sobre todo con la mujer que habitaba ese porche, en compañía de aquel hombre que estaba de perfil y que nunca sabríamos si le pedía disculpas por haberse ido con otra. Por haberla olvidado. Yo también era la mujer del cuadro de Hopper.

Habíamos estado compartiendo el mismo porche, la misma luz.

Al instante, mi madre recobró su yo habitual.

—Si te fijas, esa mujer fue de las primeras en usar un *crop-top*.

La mujer llevaba una banda rosa en el pecho y mostraba todo el abdomen. Reí. Al principio de manera cauta, como si quisiera hacerlo en silencio, pero después no sé por qué estallé en carcajadas.

—¿Se puede saber de qué te ríes?

—No lo sé —le contesté aún riendo.

Nos quedamos calladas.

Pagamos y salimos del bar, mi madre revisando de nuevo todas las fotos que habíamos hecho con su teléfono y yo pensando en la mujer del *crop-top,* en la x, en la dificultad de las ecuaciones familiares.

Corrimos hasta la estación del ferri y nos metimos rápido en el acceso que llevaba al barco.

—Qué pereza ahora subirnos a ese ferri y volver a ver a ese hombre... —se repasó los labios.

—Mamá, deja de...

—¡Oh, vamos! ¡Eres igualita a tu padre!

Mientras terminaba la frase había levantado la mano para saludar efusivamente a Pedro.

—¡Ya estamos aquí!

Nota final

Este libro no se llamaba así. Durante años su título fue, al menos en mi imaginación, *Worldsharp,* que significa algo así como «agudo como el mundo», y que hace referencia al poema de Anne Carson que abre el libro.

Empecé a escribir la mayoría de estos relatos muchos años atrás y cada uno de ellos era una posible respuesta a la pregunta de Carson, la de por qué surge el amor.

Cuando me planteé publicarlo, hace dos años, *Worldsharp* pasó a llamarse *Piscinas vacías* por la simple razón de que cada vez que hablaba de él tenía que repetir dos veces el título y explicar lo que significaba, lo que no me pareció un comienzo muy prometedor.

Piscinas vacías se publicó por primera vez en mayo de 2015 mediante la plataforma Megustaescribir. En esta edición a cargo de la editorial Alfaguara se han mantenido la mayoría de los relatos, aunque con un orden distinto, y decidimos —mi editora y yo— incluir nuevas historias, que escribí posteriormente al mes de mayo: «Polen», «Puentes», «Uno empuja al otro», «Prostitución», «El bebé azul» y «Ecuaciones».

Por último, querría mencionar en esta nota a Wislawa Szymborska. La lectura de uno de sus textos, incluido en *Lecturas no obligatorias,* me inspiró para escribir el relato titulado «Lo que brilla».

Agradecimientos

Cuando estudiaba alemán —una lengua que muy a mi pesar nunca llegué a hablar bien— siempre me asombraba la similitud fonética de dos verbos que aparentemente no tenían mucho que ver. *Denken* —pensar— y *danken* —agradecer—. Al terminar de escribir muchos de estos relatos me daba cuenta de que el parecido, al menos para mí, no era casual. Ambas acciones están muy relacionadas, sobre todo en la génesis de un libro como este. En ocasiones, los relatos avanzan solos. En otras también lo hacen gracias a la gente con la que nos cruzamos, a la gente que nos acompaña. Quiero darles las gracias a todos ellos. A mi familia: madre, padres y hermanos, por la paciencia y los ánimos. También a mis «primeros editores», en especial a David Trías, por sus infinitas sugerencias y por la ilusión.

A mi editora, María Fasce, por haber confiado y apostado por este libro. Y a Carolina, claro, por la paciencia y el trabajo bien hecho.

A Caco, por acompañarme y estar siempre ahí.

A mis amigos: María y Rocío, a Claudia, Álvaro y Paloma, Jonan y Ángela, a Miguel y a Mikel, a Betty y a Olga, y a Techy.

Por último quiero darle las gracias a Mikel Lasa porque él fue el primero que se ocupó de este libro, cuando aún se llamaba *Worldsharp* y yo ni siquiera podía imaginar que un día todos estos relatos se convertirían en el libro que forman hoy. Gracias, Mikel.

Este libro se terminó
de imprimir en
Móstoles (Madrid),
en el mes de
septiembre de 2016